灰鴿自由行

彭依仁 著

水往高處流：讀彭依仁詩集《灰鴿自由行》

吳耀宗

彭依仁和我所認識的一群八〇後詩人熟絡，且又選擇在他們競相出書的這一兩年結集出版，使我誤以為他也是年屆而立之一員。後來發現他其實和袁兆昌、鄧小樺、盧勁馳、周漢輝等作家同為七〇後，在新千年前後已躋身文壇，不單只在《秋螢》等詩刊上發表詩作，更在《南方都市報》、《文匯報》和《字花》等報章雜誌上刊登書評和隨筆。二〇一五年由廣州花城出版社付梓的文集《日光之下》（署名彭礪青）即是他操觚多年積累的成果，贏得同代人「細讀他所知，填充自己的未知，或無知」（袁兆昌）的稱美。

如今彭依仁交出第二份成績單《灰鴿自由行》，是為個人首部詩集。許是因為年逾不惑，追緬青春，所以書的上輯選二〇〇一至二〇一〇年十年間的三十三首詩，統稱「前世」，大有回首過去恍若隔世的無奈慨嘆；下輯收四十首詩，皆二〇一〇至二〇一六年六年間所作，命名「今生」，流露出把握與再現當下的強烈意識。書名「灰鴿自由行」雖不見時間指標，但卻同樣表現出詩人對於時間（甚至是影響）的焦慮，因為我們很容易就會聯想到已故詩人也斯作於一九七〇年的〈灰鴿早晨的話〉，文章強調寫作與其「回顧過去……多半是在找尋憑藉、依賴」，不如「寫些別的事吧，寫些新的事，說一些目前這一刻的話吧」，而彭詩整體來說正是對此呼籲的持續呼／回應。

上世紀七十年代，香港作家積極建拓文學的本土性，也斯既不甘屈服於西方現代主義，又不願尾隨大陸現實主義，於是力倡以本土生活經驗入詩，與《中國學生週報》、《秋螢》同仁一起投入日常散文化的書寫，蔚為八九十年代香港新詩主流風潮。彭依仁初在《秋螢》冒頭，深受影響，詩集中就有不少追隨這生活化詩路的作品。且看上輯，〈旺角道行人天橋〉、〈回到大澳〉、〈靠近書房的窗台〉、〈洗衣街花園。零時〉、〈插曲〉、〈沙粒〉等詩皆表述對香港「目前」、「當下」的見聞感思，將平淡始終的日常生活流程在散文化詩句裡盡情鋪展，我把這種寫詩的方式稱為「日常流」。必須指出的是，彭詩中的日常流佳作往往是那些能從瑣碎中生發「異念」者。如〈春坎角海灘〉寫詩人趁國慶日假期獨自「出走」鬧市到南區海灘散心，儘管「嚮往水平線意以外的公海」，「寧願變成矯健的旗魚」，但卻因為擔心所攜帶物件遭偷竊，鬆懈不得，結果只能「浸泡在淺灘里」，「貼近大海邊緣」。通過「海浪的兇險，失竊的恐懼／我不知道哪一樣更重」的「異念」，扭轉全詩平淡的敘述，彭依仁把城市人平時神經緊繃，竟連度假都患得患失的心理實態靈活生動地刻畫出來。點題詩〈灰鴿自由行——寄茂林〉亦在平淡中發力。詩人贈友寄意，擷取城中觀鴿的生活片段，把灰鴿行列比作「早已在美麗華酒店的簷頂上出發」，四處觀覽眾生的「自由艦隊」。然而詩筆沒有在「觀覽眾生」的層面徘徊，而是在末二段兜回來形容鴿子，構成暗含嘲諷的隱喻：

每天點算路邊的口糧，牠們
垂下了渾圓的腦袋，向大地感恩
滿心渴望在另一塊大陸登陸
啣著乾淨的草莖，穿上塵俗的布鞋

牠們不知為甚麼仍在繞圈子
周而復始地棲居、旅行、沒有碼頭
牠們不管這是否遼闊的自由
只知道星宿的藍色草原在頭頂盛開

反覆咀嚼，會發現從繁華制高點出發的鴿群更像是比喻那些位高權重的執事者（或高級知識分子）無視民間疾苦，自私自利（「口糧」），「滿心渴望在另一塊大陸登陸」，「只知道」虛幻的「星宿的藍色草原在頭頂盛開」。詩人匠心運入它／他們「不管這是否遼闊的自由」的關鍵句，給予詩題中的「自由行」有力的反諷。

「日常流」構成《灰鴿自由行》的基調，因此瑣碎陳述、直白散文化的表達，以及去戲劇性這些特點在書中隨處可見。於此同時，也斯一代人聚焦於本土生活的書寫傳統也使彭依仁有意識地「往低處爬」，把筆觸伸向為生計奔波勞苦的低下階層如上輯中的辦公室清潔女工（〈陰影〉）、建築工人（〈旺角道行人天橋〉）、搬運工人（〈沙粒〉），下輯中的豬肉販（〈誰〉）、魚販（〈「生於世上，我很抱歉」〉）和〈足印〉）等，替他們發出「一切都是命定」、「只有痛苦才是真實」的生命感嘆（〈「生於世上，我很抱歉」〉）。值得注意的是，七〇後詩人當中其實也有不少嘗試在生活化詩路外另闢蹊徑，像袁兆昌、鄧小樺更注重詞語搭配所生發的變異，周漢輝善於調度情節，跳接畫面，而彭依仁在寫詩十年進入「今世」階段後，也意識到有需要擺脫前驅的影響，改變寫詩的方式，使其不同於「前生」。影響的焦慮再加上這六年間香港政治現實的劇變紛擾，導致生活流在下輯中有了新轉向，頻頻「往高處流」。

首先，是超越日常、「流」向公共議論高地。彭依仁在觀照下層日常生活之外，也開始俯臨社會議題，介入公共空間。如寫七一遊行，認為「這場遊戲總會靜止下來的」（〈七月流火〉）；寫跨境學童問題，預測「如果嘴巴丟失了某種口音」，「十年後，你會被哺育成反叛的豪族」（〈面試〉）；用舊作來敘述後發的雨傘運動，指出「道路永無盡頭，各人趕赴／各自的歸宿，中途站多不勝數」（〈親愛的，今晚，你可否載我一程〉）。除此，還有一些處理得較為隱晦迂迴的篇章，頻密地向隱喻靠攏。如〈當老人把年輕人消化〉描寫老人「嘗試數算他自己的日子／三番四次扭動停止的手錶」，修理他的「往事」、「人生」，以致「年輕的背影紛紛倒地」，暗諷戀棧權位的老人政治。又如〈你有一種壞習慣〉，則由始至終指涉年少氣盛的「情慾香港」：

你有一種壞習慣
其根莖在唐突地掩飾爸爸肚臍的風月版
和媽媽那甩線的浴袍中間長大
它勃起猶如一枝未懂世情的魚竿
不管生鏽的海風這麼吹那麼吹

你有一種不能再壞的性慾
長不出一根腋毛，披滿
紅色黃色和綠色的電線
你以廢水般的壞習慣把街道吞噬

彭詩的另一顯著改變是從瑣碎中抽離出來，「流」向史哲議論高地。熟悉彭依仁的人知道他出入西方史哲，《日光之下》中關於這類書籍的評介居多，而《灰鴿自由行》中也不時召喚西方典故，下輯遠比上輯頻密。如〈不朽者〉借挪用俄羅斯童話〈伊凡王子與大灰狼〉，指出追求物質與功業者最終仍然免不了一死，更免不了被子孫遺忘。又如〈琥珀的語言〉，詩中的「我」自稱「也曾路過」雨傘運動的發生地，「觀察、沉思，但不留下一根羽毛」，選擇退歸書房。他午夜閱讀古希臘哲學家色諾芬、柏拉圖和阿里士多德的「箴言」、「碑文」和「獨語」，通過這些「字母的間隙從不昏暗」的「琥珀的語言」體悟到歷史不斷重複，正如久遠的「拱廊、雕像，和港口的橋樑／被建造它們的人遺棄」，但後世自有像他那樣的人憧憬「搭建河堤、房子和棧道／直到他們老去」，使毀滅與創造循環下去。詩人在末段說「你不能選擇時代和出生地／你只能選擇愛上一個時代、一座城市」，通過對古希臘時代城市的嚮往，暗示目下紛亂香港帶給他的痛苦和無奈。

彭依仁熱衷於西方形而上學的討論，因此寫詩也頗多「玄言」，如〈沒有一種奧秘〉、〈霍朗故居〉均向西方神秘主義伸出探究之手。這類作品在香港詩歌中似乎不多見，而〈白〉尤其出色，迂迴想像了詩人和十九世紀末俄國畫家馬列維奇、古希臘哲學家柏拉圖之間的一場精神對話。詩一開始即告訴我們馬列維奇的畫作《白中之白》是「作為沒有其他含義的白而呈現」的，這種白色「比白色更白色」，表現了藝術上的至上主義。接著又比照更為久遠的柏拉圖，他所提出的「原型馬」雖然「孕育出一切的馬」，卻不能再以個別的「一匹」稱之，因為它「僅僅是馬」這種性質形式，既最簡化純粹，也最完美。然而就在這兩種論述一併指向「回到一，沒有紛爭」的理想世界時，詩人在第三段中突然召來希臘神話英雄人物阿基里斯，說他「繞著自己那魁梧的身軀跑步」，足見離不開其血肉之軀；說他「雙腳從來沒有離開過地面」，暗示因為腳踝這致命傷，死也要死在人間，顯示出英雄的不完美，以及不忘現實的血腥殘酷。末段直道「一」這個理想世界「不過是你眼中的幻象」，點破它「沒有視野，因此亦不再有詩。／直至腹水穿瀉而嬰兒幸運地來到／充滿飢荒和戰亂的人間」，以反諷的「幸運」降生逼使讀者回返不幸的現實，進一步拆解了純粹完美主義。

以上歸納出「異念」和兩種「超拔」，旨在說明彭依仁在過去十六年的寫詩歷程中並非一味地「隨」生活化「波」、「逐」日常「流」，而是漸進、理性地省思如何自成一格，「寫些別的事……寫些新的事，說一些目前這一刻的話」。能夠思考蛻變的詩人未必是最好的詩人，但他肯定不甘於平庸，能給香港新詩的發展帶來質的轉變。

日出之下，我隨時光一同被消滅

——讀好友彭依仁詩集《灰鴿自由行》

不清

Day after day alone on the hill
The man with the foolish grin
Is keeping perfectly still
But nobody wants to know him
They can see that he's just a fool
And he never seem to notice

But the fool on the hill
Sees the sun going down
And the eyes in his head
See the world spinning round

適自 *The Fool on the Hill*, The Beatles

披頭四樂隊一九六七年推出的音樂專輯《奇幻之旅》（*Magical Mystery Tour*），當中有一首名為 *The Fool on the Hill* 的歌曲，它講述一名智慧隱士，「日復一日」盤坐於山上，安靜地看日落、觀世事，一臉難得糊塗的樣子。然而，世人卻把他視作傻子並加以忽略。或許，這位隱士亦代表這本詩集《灰鴿自由行》裡同名詩歌中所講述的那位「他」那位宅男？「他殺不死那條惡龍，還把／十八件精鋼打造的法寶，統統丟失……」，這位自覺失去戰鬥力的宅男，大概就是作者彭依仁對己身的一種自我投射，在勞累的生活中，在這個易手多年的沙堡裡，他「失落如同饑渴的太陽……像花盆上妨礙視線的枝葉」，而「當（他）的同伴提著公事包約會自己的女友／（他）就只是密室裡的主人，（他）身無分文」（*The Fool on the Hill*）。一個學業上、工作上和感情上皆缺乏信心的年青人，最有信心的時刻大概就是用盡方法打倒自己，把自己想像成一個一無是處的人：

我相信，窗外的世界會漸漸衰敗
我的碉堡也在瓦解，像路邊的打掃工人
徒勞地收拾散佈一地的落葉
我不知道山上的醫院明天會否就倒塌
人們如常工作、睡覺，游泳、散步

與我擦身而過但從未對視，或者以為我
一無所有，除了一對憤怒的眼球

摘自〈*The Fool on the Hill*〉

創作〈*The Fool on the Hill*〉的保羅．麥卡尼（Paul McCartney）曾經透露，在歌曲中提及的愚者其實就是提倡超覺靜坐（Transcendental Meditation）的印度瑜珈大師瑪哈士（Maharishi Mahesh Yogi），這位擁有無數追隨者的大師曾經說過：「不要和黑暗對抗，只要帶來光明，黑暗就會消失。」看來這句話對渴望擺脫宅男一族的傻子來說有著一種十分正面的影響。長詩〈返陽〉中，「他回到陽間以後／體溫重新鑽進肉身裡睡覺／陽光為毛孔鍍上顏色／證實一種氣息依然存在」——這不正正就是一首描述希臘神話中奧弗斯（Orpheus）陪伴有望復活的尤麗黛（Eurydice）從陰間回到陽間的作品嗎？仿佛逝去了的光陰能夠復回，枯萎了的葉能變回翠綠，溶化了的雪能夠再次開出一朵朵晶瑩的白花，死去的人能「返陽」但她不能夠——

然而他仍要歌唱
歌唱世上最強大而脆弱的元素
歌唱自然界潛藏的連繫
讓石頭和風交談起來的奧秘
這一種咒語人們稱之為：氣息
它在哪裡，哪裡就有生命
它從哪裡離開，哪裡就枯朽、碎裂

摘自〈返陽〉

生命本來就像披頭四樂隊的專輯名字一樣是個「奇幻之旅」，當我們有幸找到多餘的時間坐下來，或許能夠在枯朽和碎裂之下回頭看望過去：回憶、檢討、反思，然而「歷史總是以遙距的方式發生」（〈2016年復活節〉），我們總是無法把逝去的時光梳理好，無法把美麗的尤麗黛從冥界拯救回來，在試圖保持冷靜和態度正面的同時，詩人「感到懊悔，因為天氣越來越惡劣／因為大海總有一天會收回你記憶中的質料」（〈質料〉）。而作為一名熱愛鑽研中西文史哲的人來說，他意識到「當一種古老的記憶不曾被辨識／就只是散落在山下的質料，不曾有人／聽見、觸碰」（〈質料〉），而當世界落得如此結局不是很可惜嗎！因此他尋尋覓覓，把散落大海負傷的材料收集：

你必須在日落以前到達遙遠的海島
你必須找到不朽者靈魂所隱藏的針頭
為了找到那根針頭你必須打碎野鴨的蛋
為了打碎野鴨的蛋，你必須
找到兔子體內的野鴨，為了找到兔子和牠
體內的野鴨，你必須找到綠橡樹下
閃閃生光的鐵箱子，要是找不到針頭
鴨蛋和鐵箱子，世界將被黑暗的濃霧焚燬

摘自〈不朽者〉

黑暗與否，無人能夠否認生命的確是充滿濃霧的，而偶爾我們嘗試按照瑜珈大師所言，為黑暗「帶來光明」，但在這心靈搖晃掙扎、努力痊癒的過程中，詩人又「忽然：發覺自己老了／仍坐在海灘上堆十年前的沙堡／其他男孩子卻在咖啡館裡泡女孩」（〈十二行〉）。這首短詩寫於二〇一五年4月，詩人驚嘆人生也快走了一半，站在地球甚至宇宙的歷史面前，我們在世的時間是何其的微不足道啊。究竟是什麼把我們每一個如沙粒的個體（生物或死物）緊密地維繫起來成為一座大海面前的沙堡呢？仿佛〈有一種奧秘〉默默地管理著這個世界，無言無語地安排著萬物之間的秩序，不是嗎？

而這種至高無上的「奧秘」或許就是能取代「黑暗」的力量——祂是「高溫的光芒」、祂是「萬道金光」；祂超越天文學、超越地質學、超越生物學、超越歷史、超越各種方言；但同時，因為祂的光芒而令我們張不開眼睛，因此我們「像熱帶魚鑽入了蠕蟲洞」以達到敬而遠之的效果；因此祂也代表黯黑，但祂不邪惡，祂神秘不可言說正如習詩的朋友們經常掛在嘴邊的所謂「詩意」？（有一種奧秘）是整本詩集中最成熟的作品之一，詩人擺脫了早期純粹弔唁生活（以及歷史）的寫作包袱（詩人曾對我說這包袱來自關夢南先生和黃燦然先生），進而書寫宏觀的哲學詩歌。畢竟哲學科是彭詩人的強項，這點可從他不久之前出版的評論文集《日光之下》略見一二。

我曾經打趣地向彭依仁說：「我們和國際級的哲學家僅有的分別是他們懂得把自己對人生的想法有系統地整理，有效率地表達出來。」我們每個人或多或少都是哲學家，這是因為「我們有太多獨特的見解、高明的領悟」。（〈人生的意義〉）但事實是，能真正被眾人懷念的哲人應該是那位「身穿素色馬褂，／緊握著一根枴杖抵擋春雨或寒流」的長者，他的背影像瑜珈大師瑪哈士，他坐在山上，看世人把「時間耗費在火車站和機場」中、看他們「聽音樂、吃喝、做愛、看足球比賽／或躺在枕頭上，說這天過得很精采」、看他們如何「日復一日地勞役……疲倦就去睡」（〈人生的意義〉）。當偽戴奧尼索斯（Pseudo-Dionysius the Areopagite）在《神秘神學》（*Mystical Theology*）中說到「論證從在下者向超越者上升，它攀登得越高，語言便越力不從心……」，或許他想說的是「人生」是「神秘」的、「奧秘」的，因此，任憑我們以「重複的語法，拖沓的節奏」（〈人生的意義〉）也無法解釋清楚人生的意義。

這樣想，很灰吧？灰如被困在這個島嶼中快樂地自由行走的灰鴿？《灰鴿自由行》是彭依仁首本詩集。

目錄

（一）前世（2001~2010年）

24 兵頭花園
28 單向路
29 情人節
32 浪漫交響曲
34 陰影
35 懷念貓
40 鄉村女孩
42 洗衣街花園，零時
44 旺角道行人天橋
46 勃魯蓋爾的畫
51 灰鴿自由行——寄茂林
54 正街的三月
56 回到大澳
60 蜘蛛結網
62 回憶那些記不起的事情
65 夏季快將要終結
68 春坎角海灘
71 靠近書房的窗台
76 沙粒
79 古錢
83 插曲
86 一雙手
90 我們都是早餐教徒
93 成長路

95 你的笑靨是玻璃窗上的銀河
97 聆聽布魯克納第五交響曲
101 依偎在你斜靠的膊頭
104 每一天每一晚
108 數銀紙
110 用望遠鏡望向靜止的波紋
113 人生的意義
117 當羅馬人砍下俘虜的頭顱

（二）今生（2010年以後）

121 七月流火
123 面試
126 任務
128 誰
130 「生於世上，我很抱歉。」
132 親愛的，今晚，你可否載我一程
134 分割——和匡哲〈蘋或者果〉
136 白
138 靜夜思（冬夜聽 Zemlinsky 的弦樂四重奏）
140 足印
141 平行時空
143 霍朗故居
145 寫於 2013 年除夕
148 人群的漩渦
150 當老人把年輕人消化
152 書本在書架上打量着玻璃窗
154 所以一切承平的日子都源於廢墟
157 戰衣
161 星期一
163 廟祝——偶記隨感

165 琥珀的語言
167 返陽
176 我在天空打開了砂之書頁
178 塔門
188 約拿書
190 妳的左手在微風中消散
193 你有一種壞習慣
195 腫瘤
196 有一種奧秘
200 THE FOOL ON THE HILL
205 十二行
206 方舟
208 宿主
210 不朽者
214 你把尋找到的島嶼放在行李箱：主題與變奏
224 離開你熟悉的世界
226 poco adagio
228 枕畔詩
230 質料
233 2016 年復活節

（一）前世（2001~2010年）

兵頭花園

你在空中張望着我
竟也二十多年了，你是誰？
尺蠖掉在一條霉臭的路徑上
他們就在遙遠的馬路旁説笑。
於是我開始惶恐不安，而籠中
一頭長臂猿忽然四處走動。
誰在呼喚我？我聽見鞦韆架
獨自搖擺的聲音，很微小……
而且慢慢消失，彷彿鳥囀，
也彷彿巴士在堅道拐彎，
也說不定，是我脈搏在跳；

或許是晚風經過上亞厘拔道，
女學生嘻笑着經過明愛學校。
難道我不清楚嗎？我知道
那株樹木的種類和年齡嗎？
比方說一幢將要拆卸的危樓，
一旦回到那窄小的樓梯，
就算我有多老也難以理解；
況且我還算是青年，年青得
不會因玻璃窗的光就暈眩。
而那聲音趁夕陽落下高樓後面
就遁入都爹利街的瓦斯燈裏，
一道石級也灰暗了，灰暗中
留下一點白色的油漆，

留下鋼牆上反映出的光，
我更不知那光是甚麼？
他們在我面前互打招呼，
穿得花枝朝展，我為甚麼
聽不見他們的話，難道
我真的不認識他們？
相思樹不知不覺在石級上搖曳，
木棉樹在斜坡旁邊矗立，
街道後面還有街道，鐵欄
對面還有鐵欄，招牌正在發光，
他們將在那街巷中悄然消失，
畢竟我在皇后大道中的人群裏！

可是我的手錶常常失靈，
像我的耳目格外靈敏。
但我必須有所表示，不然
我將在陋巷一角迷路。

二零零一年六月十八日，致王敏。
刊於《詩潮》2001 年 7 月

單向路

鐵路和公路雙雙逃脫
疏落的叢林，復員的農夫
遙望沼澤地外幾十畝的蔗田。
我們到了。吉普車
在陰陰沉沉的大地踽踽獨行，
從一塊攔路的白堊石裏我們發現
馬路、村舍、瓦簷和石頭都碎裂了。
礦坑外有時是一座石山的空殼。
幾小時後，公路被一片慘白的地下水擋住，
孩童脫光衣服在水汪汪的蔗田裏泅泳，
我們坐在搖櫓人的竹排上看，
蔗葉是菜黃色的。

文學世紀 2002 年 2 月

情人節

榕樹的林蔭，一片青中泛白的寧靜，
一到了晚上，無數廣告燈在氤氳的天空中閃亮。
前一點便是我們的海港，我小時候
常在那裏眺望大海，那裏有寧靜的波光，
貨輪和舊式躉船毫無聲息的駛過，
這種情景：讓人回到一輛嬰兒手推車上
歇睡，雙手舞動塑膠玩具，玩具汽車掠過眼前
就把一生最重要的日子都聯繫起來。

此刻，讓我撩撥海港上的迷霧，
尋回一段毫不起眼的初戀，它像海面上的霧靄，
充滿苦鹹的氣味和灰濛濛的面貌。
天上灰暗的雲以神聖的禱詞祝福我們，
整場彌撒從下午三點鐘到晚上七點鐘進行。
在那驟寒驟暖的情人節晚上，街燈格外明亮，
它們在彌敦道旁的路邊樹中間為一個
疲倦而不知命運的男孩子引路。

我們的第一次擁抱就在九龍公園；
我僅只這一次宣示：一種被抗拒的愛。
雖然我向愛情和詩歌敞開苦澀的內心，
我也必須成為一頭勤勞的、合群的蜜蜂；
以後我踏著那條弧形的、閃光的電車路軌——
看見她居住的大廈，有豪華的外牆，
於是總想乘渡輪到她居住的地方
悄悄窺伺著街上的店舖和路牌。

於是我回想到孤獨，一個氤氳的下午，
我徘徊於賽馬場前的聖嘉烈堂，
黑夜籠罩著大地，只有一尾灰喜鵲
在聖保祿和聖伯多祿的石像前踱步，
夾竹桃的花朵鋪落石路，一些女人
從樹下經過，我經過一所醫院，
經過寂靜無人的賽馬場，直至看見
一面簇新的墓碑：那枝葉茂盛的墓園。

我告別那曾經甜蜜的日子，即使懷著
通向激情的一種信念，我的死亡也沒有氣餒。
是的，我心裏還期待著那美好的日子，
就像帕索里尼筆下——「一個充滿陽光，
由三、四間房間，和一個陽台組成的單位。」
我渴望那裏不單有玫瑰和檸檬的清香，
如果你渴望著木蘭花和薰衣草的氣味，
也能把它們一併放在窗前。

2002年6月30日，刊載於詩潮月刊第九期（2002年10月），後修改。

浪漫交響曲

晚上我聆聽布魯克納的浪漫交響曲——
流暢又適中的快板，古樸的聲音
又使我嚮往那漏嘴中滴下的雨水，
於是聖米歇爾山在海上的倒影浮現起來——
會堂內進行着彌撒，我經過迴廊的陰影，
經過飯堂，經過運送糧食的滾輪，
埋藏僧侶的墓穴，登上修道院的城樓，
沼澤地的陽光突然覆蓋我，一條河流
到達了它生命的盡頭，滋潤了整片草原，
公路從諾曼第的一端伸向聖米歇爾山麓，
像一條灰色的補給線，旅遊巴士駛向
山麓下的城門，從波蘭來的旅遊巴士塗着
「你往何處去」的商標；於是我望向
草原上的綿羊，牠們有黑色的頭顱和四肢，
一大群散佈在河流右岸的草地上，一小群
散佈在左岸的草地上，那一小群中

又有三、四隻走近公路，一隻一隻
跑向公路對面的草地，拘謹、安於現狀，
但有善良的嘴唇，就像布魯克納在默禱
或倚在管風琴邊聆聽天使唱經文歌，
牠們整天到晚在吃草，連根拔起
很少理會公路上的汽車。

（2002年7月，刊於2002年9月詩潮）

陰影

昨天，我們離開那個熟悉的部門，
許多桌子空置了，玻璃窗邊
佈告板空空如也，所有氈筆遺失了，
辦公室內只有一個中年女人，
她拖著吸塵機望向窗外寧靜的海港，
從淺灰色的水面發現眼裏的憂鬱，
又坐在辦公桌上抽煙，突然想要白開水；
她打開抽屜，裏面塞滿了馬票，她扔掉了，
從口袋中掏出一塊口香珠咀嚼著，
唱起一首沒有人聽見或知道的老歌。
她不住搖頭，對自己的欲望毫不知情，
也不否認有些事情確實令她很難過。
她想到那句話──「我怎能相信你？」──
那毫不悔疚的眼神像一雙鬥魚互相嘶咬。
窗外恰巧閃出金色的微浪，宛如
一艘郵輪滿載戒指經過她的夢。

（2002年4月至8月）

懷念貓

一頭花貓啣着蟑螂在暗綠色走廊上踱步，
尾巴隨隨便便的擺動，這張黑白照片
應該是夢境不是回憶。
牠信步走過來，炯炯有神的雙眼，不用流露出
對過往或未來的疑問，只知道
你睡在床邊，木門還沒有關上，
蚊蚋經過紗帳的破縫到你眼眶上空，
淩晨你閃出了狐疑的目光。

母親從廚房中拿出一碟
晚餐餘下的魚肉，放在兩道房門中間，
牠湊近了嘴巴，又悶悶不樂的離開，
到堆積如山的電腦螢光幕中間打盹，
躍上一個、兩個、三個「制高點」，
向一個吃西瓜的漢子虎視眈眈。母親

呼喚牠，你擦亮一雙眼睛醒來，
枕頭上的一塊竹蓆脱落到床端。

凌晨是惴惴難安的時刻，有時牠
在你床邊竄來竄去，捏着蚊帳不放，
有時隔着蚊賬抓癢你的手掌。
牠躲在你胸前的蚊帳，蜷伏一角，
直到陽光漸射透蚊帳的細孔，
牠在你睡醒前跑到走廊外的草坪，
經過紫色和橘色的鬱金香，到灌木叢中
隱藏，彷彿知道你要和牠玩捉迷藏。

七月的豔陽曬乾天河區海關宿舍馬路，
宿舍外是臭水溝，性病醫院在後街對面，
摩托車司機揚起了窄巷的塵埃。
少年人從泛白色的漣漪中知道了回憶，
回憶中冷空氣和雨點在狂風中互相追逐
經過玻璃窗和生鏽的陽台欄杆；

你聽見那瘦削和肥胖的影子
在陽台上角力、摔跤，牠傷痕纍纍。

傷痕？難道因為你把牠抱在臂間出遊？
牠看着一輛一輛重型貨車掠過你肩膀，
向被拆卸的村落駛去。瀝青路上，
一粒塵埃隨輪胎滾動飄近牠的眼瞼
足以讓牠連續不斷的叫嚷，
四肢伸向燠熱的空氣，充滿驚惶：
牠開始注視到每一天的挑戰。

牠用挑戰的目光告訴你，
烈日下的每一種生活。
下次你回到廣州
經過環形公路探望母親，
花貓在新居寓所內蹦蹦跳跳，
牠與白貓產下了兩頭小貓。

白貓躲在電腦殼內哺育赤條條的孩子，
花貓在窗外的花圃裏探險。

白貓與孩子吃盡了所有貓糧，
側起耳朵聽見花貓走出窗外叫喊。
牠們一定厭倦了眼神的交流，
不肯舐淨對方的前爪；當白貓的孩子
曳着瘦削的、暗白的影子走路，
牠們不曾聽見父親的呼喚，牠們
每一種目光努力尋找新一天的挑戰
和母親白茸茸的軀體。

沒錯，牠們的瞳孔閃動着翡翠的光芒。
自從一隻貓離開另一隻，日子已經改變。
如果花貓啣着蟑螂走過後巷，
那不是幸福，你不能緬懷。
如果牠突然在街巷裏失蹤，
許多流浪漢還在燒一鍋熱湯；

請你讓那陰影躡手躡腳，
走到長鏡前面，搔着頸上的蚤子。

（文學世紀 2002 年 7 月）

鄉村女孩

在我出生的那天，
我聽母親說，是颱風
吹翻田裡所有的禾稻。
進鄰村的路有時不是一條路，
有時人們把灰色的破瓦和木屑放在地上，
使那裡充滿礫石也像磚泥一般黏滑。
有時電線杆傾倒在路邊，將石橋壓碎，
母親等待父親騎自行車來送她入城，
我就站在街燈下看鄰家外牆上的廣告。
星期天我們走過一條充滿泥濘的小徑，
經過一所破舊的教堂，拱頂上寫著——
「信、望、愛」，就像三個外省人。
如今我赤著雙腳上學，學校裡的廁所
比大嬸挑起的大糞還臭，學校對面
是我的家，中間隔著一道彎曲的河流，
它常常改道，今天它愛淹向哪戶人家？

有時我的手指快要凍僵了，天空閃出了
淡淡的一抹湛藍，是否有些雷聲和秋天的雨點？
親戚中有人教我雙手合什祈禱，但我
修長的指甲只是燕子的翅膀，當我看見
同學們躲在樹林裡玩耍，我只是悄悄的感到欣喜；
我要為下一個春季禱告，我要田裡的油菜花
開滿嫩黃的花苞，綠色的豆芽一片飽滿，
遠方傳來結婚人家放爆竹的雷聲。現在
只有白色的小溪經過我家的木門。

（寫於 2002 年 9 月 2 日，刊載於香港文學 2003 年六月號）

洗衣街花園，零時

「而且他無論甚麼地方都滑，包括禁止滑冰的地方。」——卡夫卡

這是一個圓環形的廣場，在這裡
人們聊天從不走近對面座位上攀談，
連流浪貓瞥見老鼠翻進溝渠裡逃命
也懶得改變優閑的步伐，在這夜深時分
沒有一株細葉榕把身上的葉子抖落，
它們不知那霉爛的、灰黃的舊宅外牆
與樹皮有著同樣的命運。
當窗玻璃上折射的招牌燈箱字體
想在慵懶卻明亮的街燈中昏睡，
它們仍能聽見一陣尖促的叫喊作回答，
一陣突如其來的剎車聲把它們喚回。
在這圓環形的廣場，你能夠聽見甚麼？
一切的聲音都是沉默、沉默⋯⋯
像漆黑中的女人扠開迷你裙無聲狂笑。

你坐在靜默的圓環形廣場，鄰近的街巷
似乎等著你做一件事情，你比麻雀還要不安，
你想找一支筆、一張皺起的信紙，寫下一行詩——
對不起！這裡沒有甚麼可為一首詩歌效勞。
除非你一廂情願，或者拒絕你的女孩
跟你揮手道別，如果你不能奮奮疾書，那種
鞦韆般盪來盪去的念頭，永遠也不會湧現。

（寫於2002年11月13日，9年後重讀並修改）

旺角道行人天橋

傍晚六點的旺角道上，
十字路口西邊的斜陽漸漸隱沒，
我以為自己能夠熬過去，
上班、下班，猶如趕赴戰場。

黑壓壓的行人向十字路口擴散，
猶如一群慌張的士兵在渡河，
我穿插於頭髮閃亮的女人中間，
迴避生鏽的欄柵，走到行列前端。

一塊帆布，半掩着行人天橋的
混凝土石柱，建築工人蹲在地上
拿出鐵鏟，挖走盆裏的英泥，
塗在一塊赭紅色街磚背後。

一道行人天橋橫亙在頭頂上，

壓碎一輪氣息薄弱的落日；
我再把所有的疑慮聚焦，仰望
那懸浮在半空的修長的影子。

像一根陌生的鐵釘鍥入鬧市，
搶去玻璃窗上大片的陽光，
石櫟的影子漸漸擴大，
吞噬我們奔跑而去的背影。

（2003年7月15日，刊於秋螢）

勃魯蓋爾的畫

〈十一月：趕著牛群回家〉

Es ist ein köstlich Ding einem Mann, daß er das Joch in seiner Jugend trage ...... [Klagelieder 3, 27, Lutherbibel]（註）

Christmas Eve, and twelve of the clock.
'Now they are all on their knees,'
Thomas Hardy, "The Oxen".

那天村夫們趕著牛群回欄，
牠們一身駁雜而斑斕的毛色，
在隆冬的叢林裏漾起一片光澤，
十一月快要刮起一陣勁風。

牛默然不語，身體觸碰對方，
牠們朝著寸草不長的泥土裏嗅，
垂首沉思，只有一頭走到最前，
彷彿就是牛群中的領袖。

村夫提起削尖的長矛，
趟過冰冷的河水，披上笠衣，
緊隨在一群沉甸甸的身軀背後，
牛群不會留心也倒不在意。

誰說牠們不曉得世事的蒼涼？
一雙深沉的牛眼，早已浸泡了
一千個晝夜壓在肩膊上的負荷，
只把痛苦喚作陣陣的叫聲。

渾黃的牛皮，裹著柔軟的腳筋—
無論走到哪裏，都不會停下足蹄。
假使村夫是牠們的朋友，牠們
怎會四處尋找一片合適的草地？

村夫們想著：「今年聖誕節如何？」
「我該早點回家，好親親女兒。」
此刻天空湧起一陣深灰色的暮寒，

侵襲那偏僻而貧瘠的村莊。

可牛群並不這麼想也沒有怨恨，
牠們拖著隆起的肚皮，顛簸趕路，
就像盛酒的皮囊，日落的氣氛
教牠們想起了洋燭和基督。

在樹梢高處站著一頭昏鴉，
牠瞥見茶褐色的樹葉在空中抖顫，
俯視著牛群、村夫和一大片烏雲，
牠在空中聒噪，聲音嘶啞。

註：引馬丁路德版聖經［耶利米哀歌 3 章 27 節］

（2004 年 3 月，刊於秋螢復活刊第 12 期）

〈十二月：冬獵〉

皚皚的積雪蓋在山頂上，
田隴像琉璃瓦般結成厚冰。
雁群浪跡於異國的南方，
樹冠上綻露出黏濕的枯枝，
我們才認出那歸家的路徑，
連獵狗也邁著蹣跚的步履。

烏鴉在結霜的枝幹上佇足，
篝火縮小成一個凜冽的顫音，
天空把土地漂成潔白的衣領，
但我們仍是一團黑影，面目模糊。
今天每戶人家跑到田裡溜冰，
惟獨我們不知受過多少熬練。

北風像戰敗者的馬匹在哭泣，
孤雁開始懷念遠方的家鄉。

我們的家人和兒女近在路邊，
從枝枒的摩擦聲我們聽到
她們用針線縫補我們的戰衣，
現在走近一面鏡臺，眨眼微笑。

地上排列的房屋，像水獺的茅廬，
屋簷上鋪滿了一層白雪，世界
如此腐朽過後又重生，一切景物
從鏡中映照與主人重遇，山嶽
從皚皚積雪中露出了崢嶸的尖峰，
轉瞬間落入一片遼闊的天空。

（2004年3月，刊於秋螢復活刊第12期）

灰鴿自由行

——寄茂林

當路人遇上了灰鴿的行列
他們不必在乎那發霉的天井
或路邊蓊鬱的榕樹，因為灰鴿
早已在美麗華酒店的簷頂上出發

彌敦道擠滿熙來攘往的路人
等待馬路的車輛徐遲駛遠
而空中那團黑影——自由艦隊——
牠們劃破了恒靜如圓周的陰霾

翩然航向柏麗購物大道的草坪
航向路邊蓊鬱的榕樹，牠們不必
追趕路人和晚霞的影子，因為牠們
早已在美麗華酒店的簷頂上出發

沒有惺忪的睡意，沒有瞬間的痛苦
牠們在大理石和混凝土的肩膀上小憩
或離群索居，飛到海防大廈的窗台
欣賞榕樹的綠蔭和枝幹上的槲寄生

看牠們怎樣拍動灰藍的羽毛
嘰嘰咕咕學習戀人的絮語
彷彿是人類一份子，又是遊客
一臉驚愕又像失業的郵差

每天點算路邊的口糧，牠們
垂下了渾圓的腦袋，向大地感恩
滿心渴望在另一塊半島上登陸
啣着乾淨的草莖，穿上塵俗的布鞋

牠們不知為甚麼仍在繞圈子
周而復始地棲居、旅行，沒有碼頭

牠們不管這是否遼闊的自由
只知道星宿的藍色草原在頭頂盛開

（刊於秋螢復活第二期，後修改）

正街的三月

推開你家的木門，
走過一道陰暗的走廊
再打開鐵閘便是樓梯間，
一組電錶掛在深沉的牆垣上。

我突然注意到一組玻璃窗，
它們稍微傾斜向下，引人注目，
裏面透出一線薄弱的陽光，
走近窗口眺望，卻是一片翠綠。

回南天以後，遍地都是春色，
人們到平台上打羽毛球，
從這台階走到陡峭的正街，
你會發現一個鬧哄哄的社區。

而我畢竟嚮往路邊的景色：
綠樹成蔭，舊式唐樓成排成列，
筆直的馬路通往向海的酒店，
午後的斜陽照耀著古老的海港。

（秋螢復活刊第 13 期）

回到大澳

光陰隨日影漸漸西斜，
羌山的雲影也匆匆消逝，
我們經過隘路和丘陵，
在這片亂草蓬生的丘陵，
一陣西風颯颯颳向高處，
乾草迎著風勢猶如叩頭，
幾根電線杆孤伶伶地屹立。
你說：「這真是一片荒原。」
但路邊長滿燦爛的山棯花，
於是我們相約在七月重遊
去採摘路邊的山棯果。
幾塊嶙峋而陡峭的巨岩
在路邊的岩壁上突現，
夕陽的光輝突然像烈火
燒燙著雜亂彎曲的蘆葦，
我們就發現夕陽和大海。

這不是一個普通的黃昏，
當我們轉向山嶽的盡頭，
碧空中閃耀著瑰麗的餘暉，
我們站在岩石砌成的路徑上
虎瞰前面低垂的牙鷹山，
在山腰上驀地碰見了
充滿金色波紋的伶仃洋，
它在日光下盪漾、沉思，
你還記得在羌山的頂峰上
遙望鳳凰山和彌勒山之巔
在雲霧繚繞中若隱若現，
山下隱約可現一兩所寺廟，
你指向石壁海面上的天空，
說：「看！天青藍多美！
因此我們就能夠遠眺澳門，
也能觀看珠海的市區。」一

現在太陽也將要逝去，
我像一個十足愉悅的男孩，
一口氣跑到下面的山頭。
我們遙遙相對，像兩隻螻蛄
伏在對峙的巖岩上透氣。
空氣中盪漾著殘陽的光輝
從海面反映到山上的微光，
天青藍溶進深黃的雲霞，
你打開攝影機的鏡頭，
看見這深黛的山巒上
竟站著一粒微細的黑點。
一尾龍舟漸漸駛入大澳港口，
隆隆的擊鼓聲響徹山巔，
我也回望著靈會山的群巒，
它們正與幽暗的大地交談。

但黃昏總會把我們送走，
留下天際蒼茫的雲霞，

夕陽在雲影間猶豫不去，
彷彿不願目睹時間流逝，
高聳的山巒上充滿了
陣陣有如急哨子的蟲鳴，
你握著從樹枝拆下的拐杖，
迤迤邐邐走上斜坡路，
它在山頭上蜿蜒地伸向
從二澳到大澳的海濱小徑，
大澳漸漸溜入我們的視野，
頭上已是一片廣闊的星空，
伶仃洋上的船舶也沉寂了，
只有蟲聲卻越來越嘈雜，
澳門的景致也漸漸朦朧，
惟有天際仍掛著一抹淡紅。

（2004年6月1日寫成，2009年6月10日修改，收入黃燦然編的《詩歌卷》）

蜘蛛結網

從天際湧出大片烏雲，
晚風狂亂地吹打著山巔，
野草撫摸對方的傷口，
樹葉和枯枝也漸生齟齬……
蜘蛛修補自己的沉默。

黃昏漸漸映照著海港，
不曉得哪裏的烏鴉在叫。
誰能了解捕食者的心？
等待黑夜來臨前的寂寞，
每次修補也沒有終結。

如幅射塵散開的網絲
就像思想泄露於塵世，
似用銀絲串起一縷珠片，
又似一張破損的魚網，
背着蒼白的月光——對峙。

青苔上閃出露珠的光澤，
風在漫長的日子裏枯乾，
你擁抱自己猶如擁抱
突如其來的歡喜和悲傷
——請來注視我的臉龐。

（2004 年 7 至 8 月）

後記：據說蘇格蘭王羅拔•布魯斯反抗英王愛德華一世而兵敗的時候，曾逃到北海一島嶼，在洞穴裏看到一隻蜘蛛，迎著強風，不屈不撓地修補破網，而大受鼓舞。另外，法國哲學家德勒茲在《斯賓諾莎的實踐哲學》裏，也提到斯賓諾莎喜歡觀看蜘蛛相鬥，或蜘蛛鬥蒼蠅，因為從蜘蛛網可以看見一隻蜘蛛怎樣與世界產生關係，並且從鬥蛛蜘或蜘蛛鬥蒼蠅的過程中，體會到鬥爭和死亡是不可避免的。

回憶那些記不起的事情

回憶那些記不起的事情，
一陣轉季的微風吹開了衣襟，
星星在海港上空漸漸湮沒……
黑夜停泊在童年的渡口。

海港的水平線深刻如掌紋，
渡輪的船身，充滿海水的氣味，
我抬起惺忪的眼睛，觸摸欄杆，
破舊的渡船，睜開了大眼睛。

在黑暗的鴻溝，氣壓計喘著氣，
我在顫抖的船舷上張望四周，
冷風，從水底探出閃爍的目光，
在對岸，有人為日子而操心。

我夢見自己變成一根弦線，

是那臉容蒼白的樂師把我拉緊，
教我發出準確無誤的高音，
讓痛苦，散發著水果的清甜。

看風景的人不應該內疚，
一團高貴的燈光，凌越星空，
照耀著海水那平坦的胸襟，
旁若無人，連上帝也會喜歡。

而回憶，也總會有一些
埋在大海深處的配件，
猶如一盞煤氣燈丟在海底，
永遠沒有翻案的可能。

四周仍是急促的腳步聲，
在熙熙攘攘的人群中間，
我抱緊膝蓋，拿出一本書，

直至浪花痛擊著碼頭……

回憶那些記不起的事情，
一陣轉季的微風吹開了衣襟，
星星在海港上空漸漸湮沒……
我在引擊聲中甦醒過來。

（2004年9月27至30日，刊載於秋螢復活刊第16期）

夏季快將要終結

他打算晚上到朋友家裏，
還有幾個鐘頭才天黑，
天色，已是一片迷濛，
才十二點鐘，他出了門，
找一間廉價的茶餐廳。
他經過商場店舖，
在行人天橋上留連。

在行人天橋的兩邊，
到處映出翠綠的枝葉，
在那樹蔭下的涼亭裏，
坐著三、四位老伯，
疊起一副漂亮的紙牌，
到處都是茂盛的翠綠。

走出那截行人天橋，
轉入單車路旁邊的緩跑徑，

小販沿路擺放地攤，
鋪滿了賣賸的瓜菜，
他凝望著擺地攤的人，
並走進另一道天橋的梯級，
迎面來了一群傢俱廠工人。

在人群中他只能相信
自己是未過三十的人，
也許他會遇上一個少年，
騎著自行車駛到路的盡頭，
有時迎面來了兩三個少女
穿著襯衣和短褲踱步；
只有那片翠綠的枝葉，
永遠保持著神祕的嫵媚。

即使如此，他也感覺到
夏天快將悄悄地終結，

在那人行道旁邊的矮坡上
堆著濕潤而腐朽的落葉，
鋪滿野草叢生的泥土。
他又望向涼亭裏的老人，
看見許多手掌在擺動
上面沾滿了油漬。

他的雙腳感到委頓，
眼睛望向茫茫的雲影，
從這岔口邁開一小步，
一分一秒也跟著他溜走，
天空正下著毛毛細雨，
夏季也快將要終結，
就像一些永恒的事情。

（寫於2004年8月20日，刊載於秋螢復活刊第17期，後修改）

春坎角海灘

國慶節那天，我離開市區
獨自躺在春坎角海灘上，
小孩子總愛嬉水、玩耍，
我把衣衫兜在炙熱的臉上，
偷看弄潮的女人和小孩。
生氣勃勃的正午，
蕩漾著氤氳的蔚藍，
我穿上短褲，扔下背囊，
撲進淡灰色的浪花，
不時回望沙灘上的背囊。

若不是這衣服和行囊，
若不是人群的喧嚷，
我早已潛進大海深處，
尋找心中嚮往的涼意，
大海，我感到遺憾，
仿似一隻貪婪的喜鵲，

喞走了游泳的愉悅。

天和海，沒有界線。
仿似一堵粉藍色的城牆，
我嚮往水平線以外的公海，
它會傳授秘密的知識，
我寧願變成矯健的旗魚，
長出一身強壯的魚鰭，
闖進大陸架的水域。

日過晌午，水波悠悠，
我不想游得太深，
也不想回到茂密的樹蔭，
只要能貼近大海邊緣，
那就是最大的福份。

海浪的兇險，失竊的恐懼，
我不知道哪一樣更重；
一個浸泡在淺灘裡的人，

享受秋風和日光的慰藉，
好比無形的雙手替他祝福，
賜下一千種塵俗的歡樂。

（寫於 2004 年 10 月 12 日，後刊載於大公報）

靠近書房的窗台

我喜歡靠近書房的窗台，
眺望黃昏時殘存的破落景象，
清風徐徐而至，它輕拂着
一雙粘滿汗水的倦怠的手臂。
窗外漸漸傳來陣陣敲擊，
建築工人在山坡上吆喝，
磨輪磨擦石磚，吱吱作響，
偶爾傳來鐵錘敲擊石塊的聲音，
最後只有嫩綠的柳條迎風搖颺，
掀起陣陣低語聲和交談聲，
濃密的樹蔭迎風款款擺動，
隱約傳來一陣寂靜的天籟，
像一群小孩揹負着錘子和鐵鍬，
咿咿呀呀哼着沒有旋律的歌。

我沉醉於心曠神怡的美景，
家人開飯的聲音也拋諸腦後，
電腦屏幕自動閉上，只有我
坐在書房的籐椅上沉思，
這小房間的燈光柔和明淨，
陪伴着漫天星光的傍晚，
一群流浪狗躥過野草堆，
追逐對方玩耍，將紙球
踢到草叢裏隱蔽的地方。
我仰慕這美景已經良久，
不想獨處於廣闊的森林，
也不想置身於嘈雜的市廛。
假若世界如此，你會忘記
思想中苦澀的部份嗎？

窗外華燈正盛，自足和諧，
他們享受家庭的歡樂，
並未察覺我好奇的眼睛。

這花園、洋房和別墅背後
不過是人工砌成的園林，
他們寧願活在人工宅園裏，
也不願見窮鄉僻壤的泥土。
我注視地面的陽台花園，
在那昏暗的客廳沙發上
一對夫婦依偎着對方，
打情罵俏又在看電視；
在石板路徑中間，一個婦人
正在溜狗，她靠着花圃坐下，
望着寵物奔跑的身影。

我沒法忘記黃昏時的閑逸，
誰願意像工人艱苦工作，
搬動石頭、鋼筋和攪拌機？
泥土過去主宰自己的命運，
標緻的洋樓將壓迫這片土地，
清晨在碎石路上迤邐漫步的人

很難了解一木一石的珍貴。
有時我寧願不去想這些問題，
分擔勞動者的不幸，我更願意
暫時享受工人築造美麗景色
還有園丁艱苦栽種的路邊樹。
這美好的園景，像大自然的縮影，
一旦沉醉於斯，又能忘記
世間種種無法躲避的不幸。

黑夜寧靜無比，我想到
在烈日下喘不過氣的人
只想倚在窗邊遠眺，黑暗中
亮起盞盞明燈的光輝，
燈光背後是脈脈的夜空，
視野舒坦開闊，他與朋友
會把籐椅搬出陽台上乘涼，
並討論家庭近況和藝術，
客廳裏播放音樂，桌子上

早已預備好啤酒和花生，
而那陰沉的天空更令人仰慕，
世界在它環抱裏漸漸沉沒，
流浪狗也消隱於草叢深處，
眼睛無法尋覓牠們的影蹤。

（2004年5至6月，祈福—香港）

沙粒

一個平凡的晚上，
我又聽見窗邊的聲音，
一部疲勞過度的壓路機，
嗡嗡亂叫，一輛村巴
揚起泥坑裏的沙塵，
已經是深夜了，我想。

沙粒散落在馬路上，
一輛私家車噗噗奔馳，
沙粒再次飄起來，
落在地上，仍然是沙粒。
數不清的礫石，
在路面格格作響，
像皮鞋踩過的聲音，
沒有在地上躍動。

沙粒再次飄起來，
飄過醫院病房的窗框，
飄過大門上鎖的走廊，
飄過大宅的窗簾布；
滑過人們的視線，
緊貼在茶几布面或者
玻璃書櫃的門框上，
仍然是沙粒。

數不清的礫石，
在路面格格作響，
像皮鞋踩過的聲音，
沒有在地上躍動。
已經是深夜了，我想。

一輛貨櫃車隆隆的駛過，
揚起泥坑裏的沙塵，
那疲勞過度的壓路機

嗡嗡亂叫，這本來
不是誰的對錯。

沙粒再次飄揚起來，
飄過百貨商場的櫥窗，
飄過馬路對面那棟村屋，
飄過內河對岸的樓房，
飄過木門裏陳腐的瞳孔，
飄過新婚夫婦的彩色海報，
沒有對錯，仍然是沙粒。

搬運工人扛起一袋米，
抹去額頭的汗水，汗水
滴在地上，刮起一陣風，
沙粒聽見摩托車開動
瓜子殼碰到街磚的聲音，
再一次想去旅行。

（2004年10月25至26日）

古錢

兩千年後，它們被挖掘出來。
這樣它們就復活了，從沙磧裡
眨動眼珠，呼吸二十世紀的空氣，
大地依舊是綠洲和燥熱的高原，
只是空氣的酸鹼度，叫它們窒息。

一位滿臉鬍鬚的考古學教授
將它們遞給黑髮的女學生，
他們用繩索圍繞方形的泥坑，
把古錢收藏在特製的木匣子裡，
用鉛筆寫上日期和編號。

在冷氣機開放的研究所裡，
人們仍為那清晰的輪廓而驚訝，
那是君主的臉孔，在銀色的表面上，
你可以認出希臘人的名字：

米南德、德米特奧斯

遙想當日，它們的主人
從希臘各地召集工匠鑄造它們，
幣面上刻著神情嚴肅的老頭——
他戴上頭盔，騎著波斯的戰馬，
有時帶著桂冠和圓盾牌，

錢幣的線條不一定圓滑，
但上面的希臘字母清晰可見，
那是歌功頌德的辭句，
庫務官筆錄它們的重量，
由奴僕搬運到塵封的地窖。

它們令我們想起那國土，
想起湛藍的夜空、翠綠的河谷，
那像大腿筋的肌肉線條，
我們在上面讀出美麗的名字——

坎大哈、伽色尼、赫拉特。

一張亂真的明信片就可以
讓你陶醉於翠綠的河谷，
牧羊人在路上趕著羊群回家，
市集裡充滿叫賣聲，在市中心
清真寺映照深秋的陽光。

而今天沒有明媚的天氣。
當人們在蘇富比拍賣會叫價，
就在那片土地上，風景走了樣，
道路崎嶇難行，黃沙撲面，
兒童用子彈和鮮血換取金錢。

如今它們又大行其道了。
鑒賞家捨不得用放大鏡
凝視上面的字母，像駱駝
溫泉，鋪嵌彩色磁磚的
公眾澡堂，都比不上它們。

深秋的陽光，你應該擁有
一堆銀色的鬈髮，你的鼻梁
呼吸著戰馬的方言，當哲人沉睡
你會再一次征服那高聳的屋簷，
讓世界在韁繩下顫抖起來。

2005 年 8 月初至 2010 年 5 月

後記：在十九、二十世紀，英國人在阿富汗一帶發掘出大量希臘化君主的錢幣，有些錢幣是用鎳鑄成的，大致上保存得很完整，有些錢幣是用青銅鑄造的，表面則比較模糊。阿歷山大帝死後，希臘人在阿富汗一帶立政權，漢朝稱之為「大夏」，直到公元一世紀前後，才被月氏人建立的貴霜王朝消滅。在歷史上，伽色尼和赫拉特曾先後成為阿富汗伊斯蘭地方政權的首府。

插曲

坐在巴士頂層座椅上看風景
維港的燈飾璀璨而明亮，
鬈曲的髮絲落在寬闊的肩膀上，
新年過後，我一定會跳槽。
等一等，她望著一幅新廣告牌，
這不是在雜誌上刊登過嗎？

結婚六年，喜歡東張西望，
除了購物，還有權選擇一切。
盡量保持共同的愛好，例如——
我是皇馬的擁躉，你呢？
或者某套電影、某對運動鞋，
或對某個問題極力克制。

而問題總是悄悄地累積，
沒有人想過微枝末節。
例如說——我不喜歡這間餐廳——

這不能算是誰的錯失，
它們像順口溜一樣琅琅上口，
說起來又不近人情。

挨在椅墊上有甚麼可談？
無非是抱怨一位勢利的親戚——
你怎會變得像他一樣窩囊？
你怎麼總是叮著這問題不放？
這次她讓步了，然後就是
一次短暫的停火，討價還價。

結婚六年，客廳漸具規模，
窗外的風景也在衰老，
言語不多，但擔子重了，
爭吵，只為了一段小插曲——
世事哪能盡如人意……
沒錯。但誰說我不會介意？

凡事應該向好的一面想，
總有一片無敵海景開闊無阻，

有些景物的外貌不變，
但他們必須維持一種體面——
即使汗流披面，而他們
亦不得不為此而彼此疏遠。

歡樂時光像一次即場表演，
但兩張入場券就能滿足，
吃飯的時候，他曾告訴她——
這幾天加班的時間很不穩定。
其餘的話就放在煙盒裡，
事實上，她亦未必會留意。

巴士的燈光跳到海岸線後，
疲倦的乘客逐一離去，
終站到了，但載不走秘密。
明天我來接你放工吧！
這句話仿似一個署名，
即使明天世界仍是個謎。

（2005年11月23日）

一雙手

冷冷的燈罩下，一雙手
拿起衣料推向縫紉機的針嘴，
用剪刀剔去多餘的毛線。
哭泣的時候，它們不說話，
讓針頭在指頭刻上記號。

漫長的黑夜，它們無聲無息
像深海魚般活著，它們只盼望
一碗煮爛的稀飯、一尾薰黑的魚，
就在那濕淋淋的破木屋裡
飄起了煙霧，一雙手推開門扉。

手指疲倦了，它們也只想
輕輕觸摸著黑色的琴鍵，
聊勝於沉默，也可以自娛，
那是一種黑色的音樂，

訴說著幾代人的辛酸徒勞。

它們在汽油味的破布屑上
抹乾憤懣和淚珠，它們
開拓了大半個世界而我們
沒有刻下它們的名字，
它們不眠不休，歷盡風霜。

世界是不公平的，因為
有人是腹腔，有人是手指，
有人在乾燥的硫磺礦坑裡
拾起一塊塊鮮黃的石頭，
有人用刀叉切開一塊牛扒。

我也搞不清它們來自何方，
從蘇門答臘到孟加拉，
你可以聽見許多這樣的故事，
它們的生命是一齣皮影戲，

鑼鼓聲過後，也不會有教益。

污濁的河水在上面淌下，
機床的節奏，把它們壓碎，
如果每個人都是一雙手，
各種口徑的手槍都會垂下，
會議廳內長滿籐葉和氣根。

我們把希望賣給迪士尼，
我們的孩子又靠甚麼長大？
我們渴望像氣球飄向雲間，
我們曾許諾自己：二十年後
就在那陽台上親吻海風。

而今天，我們是更累了，
為了使馬路變成一道銀河，
我們裝笑、工作至死，
住在鳥類窒息的樓房裡，

設法避開那鄰壁的嚎哭聲。

在世上某個角落，每個人都是
一雙手，即使活在貧窮線下，
至少還擁有一腔怒火，而我們
即使穿戴鍊墜和名貴的外套，
我們的雙手也失去了溫度。

（秋螢復活刊第30期）

我們都是早餐教徒

我們都是早餐教徒

晚上調校鬧鐘
懷著輕鬆的心情闔上瞳孔
等待晨風輕輕吹送
我們都是早餐教徒
坐在床邊發呆
假裝早睡早起精神抖擻
穿上昨夜脫下來的運動褸

我們都是早餐教徒

茶餐廳的走廊濕滑骯髒
枱面上堆滿餐肉蛋公仔麵和咖啡
挨近牆角找個卡位坐坐
看玻璃門外閃過的倩影
聽鄰座師奶談論自己的孩子

呷着苦澀濃密的咖啡
想起四五年前的舊愛
和一套不日播放的電影

餐包總是同一款味道
米粉經常在叉子縫中溜走
有時候還會撈起褪色的麵條
侍應阿姐經常寫錯單
廚房師傅炒出無味的蛋
掌櫃躲進娛樂版裡打嗝如常
我們的老習慣十年如一日

但我們都是早餐教徒
總會坐在人們擺放報紙的位置上
喝昨日喝過的鴛鴦奶茶
坐在油膩的椅子上
目送路人離去亦不慌不忙
靠在茶座上天南地北
把呆滯的上午消化下去

用報章頭條的種種鬱悶自娛
我們都是早餐教徒

或許有天我會放棄信仰
躲進溫暖的被窩，或者怠工
夢中你聽見我打開木門
急促離去，或許我搬了家
那位陌生的住客，他從不吃早餐
你還會成為早餐教徒嗎？

一切只是萍水相逢
昨天與今天偶然的交疊
從忙碌的節奏中脫軌
掩飾我們的可笑和失落
如果有種習慣可以玩味一生
我願和你成為早餐教徒
看世界瘋狂地空轉

（刊於小說風第14期）

成長路

一個充滿陰霾的黃昏，
我獨自走上一段「成長路」，
狹窄的小巷閃起交通燈，
貨車徐徐駛過，沒有路人。

充滿尿膻的牆壁又被刷白，
垃圾味瀰漫於廣告燈下，
電車叮叮走走停停，分不清
那是幻覺還是生活的戲法。

驀然站住，我接近大海，
陌生的感覺一掃而空，
彷彿就可以原諒自己，
註冊成世界的一份子。

明天，我仍是孤獨的石壆，

眼睛承受他們的吵架，
明天，百萬人受雇於謊話，
睡夢中失去了嘴巴。

或許陶醉於自愛的魔法，
命運就可以更改你的視線，
就可以漫步於林蔭小徑，
到公園，消磨最後的光陰。

或為了一陣眩目的興奮，
或為了眼前閃爍不定的捷徑，
我們放棄了又不敢停步，
用骯髒的手，擦乾了額頭。

只好走進廳室裡喝茶，
靜待人群聚集到馬路上，
去感受、見證喝采和淚光，
就像遇上了初戀情人。

（秋螢復活刊第33期）

你的笑曆是玻璃窗上的銀河

看門員沉沉地推上鐵門，
校園區暮色沉沉，像打烊的街巷
在數算鈔票的手指間沉睡，
僵硬，如長滿癬疥的路邊樹。

建築物消失於荒涼的山坡，
數不清經過多少個車站，
人群在閃光的馬路上亂躥，
我重返校園，找不到一個熟人。

我仍然盼望一個遲來的約會，
你注視着我，像試身室裡的女人，
你吟誦阿赫瑪托娃的聲音漸漸低沉，
可是我必須趕上最後一班列車。

有了山，就可以挨着晚霞說夢話，

有了寬闊的肩膀，就可以遠遊，
我注視着你，設法忘記自己的心願，
我們的肩膀在碰撞，但天氣已冷。

我告別你，像告別了第二城市，
看奔馳的車廂在天橋上顫抖，
窗外，是雨水淋漓的高樓大廈，
你的笑靨是玻璃窗上的銀河。

（2006年）

聆聽布魯克納第五交響曲

你的音樂從寂靜中誕生。
當指揮棒徐緩升起，
空間，再一次孕育聲音，
它從寂靜中降臨，往寂靜中去。

小提琴交織着霧光中的晨曦，
單簧管靜靜地鳴叫，漸漸地
我們隨著聲音的節奏，從崎嶇的
山徑，走上孤獨的路程。

歌唱著回音嫋嫋的傷痛，
像鄉村少年提著木杖穿過濃霧，
經過隱沒的電線杆，走向潺潺溪水，
叢林不時更換布穀的鳴啼。

你遇上了蒼白的世界，

將那封閉的地界名為「不幸」，
生命的憂傷，猶如流水累積的和弦，
你用銅管的咆哮摩擦我的脾性。

我聆聽你那孤寂的行板，
才發現世界依然是崇山峻嶺，
依舊是低迴的河川，你沒有增添
一寸美景，那是我的耳鳴。

快樂和悲傷，你們沒有走入音樂，
弦樂聲沒有神秘的村莊，
一切源於想像，是聆聽一種聲音
而聲音呼喚人去聽。它遙遠，

但正在成形，在提昇，聚集了
一股潛在的力量，互相清除，
溶化，聆聽者卻兀自思念
記憶中某個逝去的人，無法超越

自我保護的欲望，因為我們
脆弱的心靈無法承受不幸。
但世界不會變得更善良、或殘忍，
一切只憑你去承受，或創造。

沒有假若也沒有必然，皆因
心靈才是最艱苦的路，神聖或世俗、
惡與真，如銅號劃破長空的長嘯，
卻沒有人回答，而提琴的輕嘆

是那潺潺流水，衝擊成長的思想；
然後是陣陣笛聲，從遠方捎來消息，
哭與笑、沉思或街頭的喧囂，
正在驚擾你心，但音樂仍是細流，

從幽渺的溪谷，落入恬靜的河流，
匯集成澎湃的山川，迎著清冽的山嵐，
它嚮往無限、崇尚虛無，讓思想受磨練，

終於沖出澄藍的大海，帶來無限狂喜。

你說：世界不是目的地，它只是座標，
每個人的心靈才是它指向的城市，
你就是你的生、你的死，沒有人能替代你，
你像一串名字銘刻在你生活的大地。

我已經厭倦了人生的喜怒哀樂，
一切愛恨，完全沒有緣由，
讓我在床沿，聆聽你頭頂的寂寞，
讓我抓住永恆猶如一線黯淡的晨光。

依偎在你斜靠的膊頭

依偎在你斜靠的膊頭
你怪我的頭太重
顛簸連連的路上
也沒有陪你看黃牛

對不起，請別怪我
這腦袋的沉重
還有這雙手的粗糙
讓你承受無比的重量

你說我眼鏡框太厚
看不見我在睡覺還是清醒
其實，我也摸不清自己
摸不清，羈旅途中的方向

回望舊日的照片

那浮雲轉動著的臉
總愛凝望著無限的風景發愁
一線陽光又是另一個清晨

長大了，卻一直不敢說
「天長地久」，這不是短途賽
我怕有一天會累，倒下來
賸你一個人在路上奔波

你推著我的頭，又不敢拍打
我的心口，怕我怪你打我
傻妹，我不怪你搖醒我看風景
只怕你怪我沒有陪你看

可日子還多呢，一到假期
我們便可以到處走走
香港這麼小，也有覆蓋我們的
咫尺空間，但要慢慢拍照

傍晚，像馬路上的光環
巴士緩緩下山，我一覺醒來
聽你長嗟短嘆的當下
我想：這已是一種幸福

（2008年5月8日至11月底，刊登於秋螢復活第66期）

每一天每一晚

每一天每一晚 你瞇起的
瞳孔 你藏在酒渦裡的微笑
幾乎成為我最熟悉的五官
每一天每一晚 我總愛凝望你
棕色的皮膚和潔白的門牙
待你闔上修長的睫毛後才睡覺

每一天每一晚 當日光
從不同角度撩撥著褪色的牆壁
晚風攪動積雨雲的時候
每一天每一晚 當我累得
伸不直腰背 被沉重的行囊壓碎
我會想起你陰晴不改的面容

每一天每一晚 每次接吻
都是另一次約會之前的道別

每一天每一晚 我們總愛計算
是巴士還是火車更早回家
你拎起自己的布袋 提著荷包
我目送你的身影步入車廂

每一天每一晚 我努力儲蓄
從每秒鐘省下黯淡的五毫
盼望點滴累積成二千萬
每一天每一晚 只盼望退休後
與你在溫哥華海濱買下小屋
渡過最後的二十年

平凡的一生可有多少份量
可讓我儲蓄起每一天每一晚
轉眼間了卻平淡的一生
每一天用不著瑣碎的交談
每一晚 我們用鼻孔
尋找對方嘴裡的三文魚味道

每一秒無法贖回但每一天
每一晚 都是重複的場景
有同一張被單 同一面玻璃窗
有時我把鼻子挨近你的臉
嗅到你的鼻孔仍殘留著咖啡味
臉上沒有洗掉昨日的憂鬱

每一天 你會掛念我
就像我們也掛念家裡的貓
每一晚 你接過我的電話才去睡
有時我怕你的叮囑
有時你笑我無可救藥
於是 我們用短訊互相嘲諷

每晚回家總會在地氈上跺腳
彎腰清洗廁所 我像一塊弄皺的
海綿 沒法展現簇新的笑容

美麗的世界在破曉綻放又凋落
每一天 辛勞過後原來只有疲累
我擦弄額角的亂髮 瞇起眼睛
輾轉沈睡又過了一天……

（刊載於秋螢詩刊第83期）

數銀紙

迎接打烊的時刻
我數算手中的鈔票
店內燈火滅絕
商場裏偶爾出現一個魅影
但我深愛這瞬間的寧靜

把你們鎖在收銀機內多時
該出來換換氣了
像我困在市區也得出去散步
嗅著你們的銅臭，我知道
這不是你們的過錯

銅臭就像男人的體味
每張鈔票都有自己的來歷
從豆腐汁到鯇魚的血液
是生活委屈了你們的肉身
折成一道傾斜的中軸線

既然相遇，又何必稱兄道弟
就讓我替你們梳理整齊
想像握緊你們的愉悦
只消把你們點算清楚
那就是完美的句點

坐在昨晚坐過的位置上
食指爬上你們的背脊
我們在黑夜中萍水相逢
你們斑駁的水痕並不屬於我
可沒有你們，我一天也不能過

你們也沒有説謊
他們從荷包裏掏出了你們
你們就快樂歌唱，就像
他們把荷包翻來覆去
掏出了無窮的欲望

（刊載於南方都市報 2009 年 3 月 27 日版面）

用望遠鏡望向靜止的波紋

用望遠鏡望向靜止的波紋，
看幽暗的水光微微顫動草叢，
鷸鳥踏遍淤泥尋找貝殼的呼吸，
用乞討的姿勢彎腰、叩頭。

用望遠鏡望向靜止的波紋，
看白鷺飛近水道上的鐵皮屋，
牠們沒有羅盤，聽任本能飛翔，
俯視魚群騷動的水面，或者聊天。

我們也濺起時間的水花，
當日光從密封的雲端透射過來，
城市是一種幻覺的緊身衣，
惟有我們的腳步聲，才更真實。

用耳朵尋找踏過木橋的顫動，

或者聽鶇鳥的歌聲，抬頭凝視
那片停留在松樹頭頂的陽光，
像鯉魚升上水面仰望眾生的腳步。

用照相機尋找微物的揣動：
看白色的蟲蟎爬上葉背聚集，
悲哀的提琴蟹抬起笨重的紅螯，
泥塵中夾起一塊逃走的雲。

你的袖口也沾上了鳳尾蝶
遺下的花粉，牠早已隨風打轉，
在昏睡的花瓣上吸吮又飛走，
以不知死亡的舞步，在半空滑翔。

木橋靜默，鯛魚掀起了漣漪，
我驚訝於蘆葦長長的倒影，
想像一頭白鷺回顧身影掠過水面，
牠匆匆一瞥，彷彿向永恒告別。

大自然還在聆聽腳步的節奏，
但腳步聲漸漸孵化成生命，
它緊緊追隨嘴尖的進食欲望，
像我們必須趕上早班列車。

腳步聲總有一種不變的節奏，
但誰會在意頭頂上的陽光？
它漸漸離開我們的視野，好讓
望遠鏡找不著生命何時終結。

（寫於 2010 年 5 月，刊於秋螢休止符第 84 期）

人生的意義

人生的意義，會否因為我們專注
做各種各樣的事情，就一點一滴的流逝？
我們看太多的電視節目，太多的書
等待我們去閱讀、思考，待日光落下
就去聽音樂、吃喝、做愛、看足球比賽
或躺在枕頭上，說這天過得很精采。

人生的意義，會否因為我們掛念
太多面目模糊的人，就失去它的光澤？
我們把大部份時間耗費在火車站和機場，
穿上時尚服飾來演繹相聚和分離，
用關係替心靈儲存積分，在龜裂的日子
靠人生的意義提供微薄的免息貸款。

人生的意義就像在驟雨中上班，
它被寫在記事簿，在潦草的字裡行間，

它像滲水的牆角、塵封的玻璃櫃，
每天必須打掃乾淨，日復一日地勞役，
從來不為任何人，也不為自己，
每天踏著昨日的步幅，疲倦就去睡。

你咀嚼「意義」就像一塊口香糖
或關鍵詞，你用花布掩住蒼白的臉龐。
你懷念一位哲人，他身穿素色馬褂，
緊握著一根枴杖抵擋春雨或寒流，
你捧著厚厚的大學課本，告訴我那是人生
或者像大學教授滔滔不絕，語出驚人。

你追問「意義」就像跳水好手，
你從高台上躍下去見證生命的紛繁，
你以臨近死亡的姿勢，吸入空氣的虛無，
死亡像泡沫把你飲進透明的器官。
人生時時刻刻在下沉，它不需要提昇，
只需要一部考勤鐘、一張舒服的床。

千千萬萬的印刷機在勞役自己，
有些轉投別的生產線，有些被報廢；
千千萬萬的書本被扔進堆填區，
每一個章節都在討論人生的意義。
重複的語法，拖沓的節奏。看！
多麼積極的人生：甚至不用點評。

請不要跟我提起人生的意義，
那不過是一種無意識的條件反射。
從呵欠到瞌睡，我們爬到電腦面前
玩打情罵俏的遊戲，喝一杯咖啡，
聽一首過時的爵士樂曲，寫一篇網誌，
訴說我們的社會是怎樣的無情。

千千萬萬的過客談論人生的意義，
我將與他們一起經歷白色的噪音，
瀏覽自殺的群組，打聽爭產案的消息，

在電視機看著明星和高官評頭品足。
我們有太多獨特的見解、高明的領悟，
人生的意義，留待明天拿出來解渴。

（寫於 2010 年 12 月，刊登於聲韻詩刊第 4 期）

當羅馬人砍下俘虜的頭顱

當羅馬人砍下俘虜的頭顱，
他帶著濃重的鄉音囁嚅：
在一個遙遠的國家，公雞告假的
早晨，咖啡店的茶裡沒有糖，
旅館那沒有上鎖的木門咿哈地告別
一輛與路牌和櫥窗調情的電車。

電視台在硝煙後攪動戰爭的輪盤，
烤焦的樹枝感謝獨裁者頭上的光環，
他以光禿禿的屍首塞滿路邊的青苔，
吩咐導彈射出微弱星火繪製高空的軼痕，
且烘乾教堂塔尖，透露和平的假象，
讓飛行員戴著死亡面具恐嚇街上的頑童。

當恥辱像鎖骨深入首都的平原，

你會輕率地控訴暴政，像映照棄婦形象的
那條支流，星星和博物館都是多餘的，
燙手的鈔票只能兑換空洞的承諾，
在歐亞板塊的圍欄上，戰爭並不是很遙遠，
一尊騎士的雕像眺望缺氧的城市。

當艦隊輪番啄食饑荒的海港，
一支遊牧民族從山上吹號，鸛鳥
像旅行家躑躅於荒廢的修道院；
穿過人口稀少的村莊，那裡充滿了
碎片的記憶，衝鋒隊跨過斑駁的油管，
趁一篇外交辭令從電話裡甦醒。

於是凱撒臉上綻放出玫瑰的笑靨，
子民齊聲歡呼「天然氣是我們的臂膀」，
穿著迷彩長袍的元老在會客室聚集
與使節品嚐一口汽油的甘甜，站台上
工人粉飾焦黑的隧道，讓子民

不再為了傷逝的名字而哀慟。

地平線外，黑海的浪濤在嚎叫，
淩亂的屋脊彎腰撿拾殘存的家當，
零落的橄欖枝，湊合成今天的領土，
奧維德在岸上哀嘆離散的行省，
一支軍團沿著林蔭道離開，雨點飄向
灰色歌劇院，滋潤著乾燥的草地。

大衛沉睡了，女皇垂下了面紗，
處處是衰頹的牆，王冠上滴下了黯淡的
餘暉，人們瞧著它為一百年占卜；
被時代遺棄在山野的王座，不育的臣民
你們為一個懦夫和他的盟友蒙難
且扭傷腳跟，你們的痛楚沒有誰聽見。

（始於2010年11月，完成於2008年8月。大衛，指格魯吉亞國王大衛四世。女皇，指該國女皇塔瑪拉。在格魯吉亞首都第比利斯有一尊上古國王 Vahtang 的雕像，這位英主騎着馬，眺望整座首都。）

（二）今生

（2010年以後）

七月流火

風暴過後的天空早已不再澄藍，
憂鬱的氣流懸掛在天際線上——
你俯視這片旗海，像夢中的棄嬰
卻依舊相信這陳腐的承諾。

每年你反覆低唱着一首怨歌，
當盛夏以密匝匝的雨點清洗你身，
陣陣的烈風教你窒息，仇恨
如一輪烈日嘲弄你天真的腳步。

而雷聲總要讓位於悠長的蟬鳴，
季節總會叩問人的信仰，它會等待
某個人起來，將眾聲錘煉成一種意志，
且吹奏號角，喚醒沉睡的根莖。

霓虹燈如眾生的幻影迸碎於波浪，
你的時間將逐漸零落，街巷漸趨荒蕪，
這廢棄的景色自內心開始潰爛，
街燈下，你將見證這座城市的頹唐。

而這場遊戲總會靜止下來的，
一個新的影子探起頭來，自下世紀——
他閱讀你像一件充滿裂痕的古物。
只有遺忘你，才能把我從瓦礫中拯救。

（寫於 2013 年 6 月 29 日凌晨）

面試

「請用你嘴裡的時間描述這幅圖畫，
詞語從零開始。請問這句話
哪兩個詞語倒轉了？」……
「這面旗幟是甚麼顏色，紅色還是藍色？
你從家裡乘車用了多少時間？
你能說出你爸媽的名字嗎？」

一張捲曲的出生證明書
累憊地躺在冷卻的桌子上，
他梳理整齊的頭髮沾滿一路倥傯，
父母期許過的領帶和皮鞋疲態畢露。
小朋友，你遲早會習慣的，
人生本來就是一場無止境的角逐。

如果嘴巴丟失了某種口音，
或者詞語因驚慌而抖落如爛熟的果實，
那是因為你要拋棄你父母的故鄉，

從被上帝拋進世界的一天開始，
抱着一張捲曲的證明書，你將會走遍
城裡最富裕和最貧窮的學校，尋找

一張如杜鵑綻放的成績表，好讓
母親以莫札特命名的投資不會虧蝕連連，
而父親會買一部 iPhone 放在你手中，
喚興奮的你跳進媽媽的口袋安睡。
你的臉上浮動着一個賬戶的天文數字，
我無法用自己的母語來教導你。

十年後，你會被哺育成反叛的豪族，
這片慘綠的草坪本來不是你的家。
未來太陌生，我也認不出自己的銀髮……
直到那一天，你匆匆趕上越洋客機，
機翼噴出這塊衰老的島嶼，遠離你的腦勺……
記憶像一頭黑鳥抓不住一片枝枒。

陽光讓風速靜止在屋邨陰影裡，
它為不再上班的父母而憂思，

我闔上了微顫的嘴唇——此路不通！
或者我好應該報以稀釋的同情。
讓時間橫亘在我們中間成為見證人，
成為每個人的命運裁決者。

而時間、時間、時間⋯⋯
正一點一滴從他的臉頰上流下，
流到下巴上凝結成鬍子般的冰柱。
時代的巨人，你將馴服資金的鉅流，
且向月亮詢問太陽的消息，
住在棕熊和野牛的茅廬。

但你必須紓尊接受教育，
一如救世者從卑污的馬槽來到人間，
承受世人的嘲笑甚或不諒解。
你嘴邊啜飲着文明的牛奶咿咿呀呀，
羅馬尚未建城，船隻仍未啟航，
直至他們頒佈了一道法律。

（寫於2013年10月）

任務

黃昏是一天勞動的果實，
一陣金風把它催熟，就抖落於路邊
被輾成碎片亦無人理會。
它像深秋，既完成了任務，
就消失於塵囂，承受着卑微的結局。

收銀機每晚吐出長長的抱怨，
行李箱和購物車絡繹於途，
載着生活的密碼，帶走一箱箱貨物
消失於鐵路的彼方，恍如晝夜的循環，
惟一不變的是緊繃着的臉。

一幢幢樓房被拆卸、改裝、重建，
像廣告板變得光鮮或空空如也……
誰說變化就不是一種永恒的重複？
人必須誕生然後死亡，腳步不斷向前，

日子就在暈眩中慢慢消失……

買賣總會中止，惟獨旅程不會完結，
就像鞋子尋找一塊新淨的街磚。
你見過了原子的撞擊……卻看不見自己，
所以臉上多了一道深溝，日復一日，
將流浪狗的屈辱串成一首歌謠。

（寫於 2013 年 10 月 23 日晚）

誰

誰把開膛的豬身搭在吊鉤上，
任迅速的切肉刀擄走內臟，
不留一滴血，彷彿盛大舞會，
一件斑斕的法衣在野草裡枯朽，
遍地茵蔯，鷹隼也無法登陸……
熱氣流熔化了河上的月亮，
煉成深淵埋葬那眷戀塵世的遊魂。

誰用鏡中倒影豢養末日，
任悲傷到處嬉戲，誰讓城市
喝下瀝青調製的濃湯，誰簽發了
緊急的手諭，召集空中的騎士
提着唸咒的刀劍往地上殺人，
誰把羊皮卷充塞成一具高聳的雕像，
任我們穿着腳鐐載歌載舞？

我看見眾生繞過一塊巨岩，
帶着宿世的願望，在星光下禱告。
我看見地平線張開了鹹澀的眼睛，
雙腿從中伸出，是誰都不重要，
反正你有話要跟它説，
一次電殛已把字句從樹上抖落。

（寫於 2013 年 10 月 27 日）

「生於世上，我很抱歉。」

就像刀子切斷了黃鱔的頭，
身體還在錐子上扭動；
就像剝去了青蛙的軍裝外衣，
鮮紅的四肢蹦嘣亂跳。
即使殺死了思想和表象，
記憶仍短暫存活，且向途人說：
「只有痛苦才是真實的。」

即使他們終會把你煮得爛熟，
加上各種文字調製精甜的高湯，
直至你成為一片雲或一坏塵土。
直至那一天，
當切魚刀和錐子也成為廢鐵，
唯獨磨刀石依然存活，它嚐過了
鋼鐵的味道、魚和青蛙的味道、
牛羊以及風的鮮嫩質感，

心滿意足，這樣一位貪饜的讀者，
將在永恒的幽暗角落裡昏睡，
因為無人照看而抱怨連連。

如今，我也在當風的露台上
跟你談論迂腐的人生意義，
我手中沒有香煙，臉上沒有鬍子，
而你懷念那個下午閱讀缺頁的尼采……
但我的思想只是沒有法則的暴雨，
謝謝你的關注，雖然
海魚會游上更昂貴的死亡，
你知道一切都是命定，
就像它們本來是生命的長長陰影。
而我只能給你一把廢棄的菜刀，
看你像花貓嗅着它心滿意足。

（寫於 2013 年 10 月 29 日）

親愛的，今晚，你可否載我一程

親愛的，今晚，你可否載我一程？
我還沒有抵達終站，那裡沒有人陪我上路。
你知道，道路永無盡頭，各人趕赴
各自的歸宿，中途站多不勝數，
你會迷失於蛛網之中，將目的地遺忘。

親愛的，今晚，你可否載我一程？
我們的休假，不過是重覆又重覆的勞累，
旅程以時間延展它的長度，但無限
並不是我們的口糧：我夢見另一個你，
你的影像不斷重覆直至歸於幻滅。

巨鷹的影子將浮動的島嶼叼走，
貝殼在沙灘上發臭，星宿逐一殞落，
你知道，我們將抵達一個無名的車站，
而黎明遙遙無期，飛蛾將背負我們的記憶

穿越鐵絲網，飛進一幅巨大的靜物畫。

親愛的，今晚，請你不要昏睡，
不舍晝夜的風景，已把我們追捕得煩厭。
當野獸咆哮於深巷，打鐵伐木之聲
早已從原野深入河灣，我甚至看得見
火炬的行列，吞噬了山谷裡的房屋。

黑夜是一陣陣漣漪，映照着失眠的你，
驚愕如同月色，棲息在你的肩膀上……
今晚，請與我一起上路，這漫長的旅程
本來就是我們的居所，你不會找到一座城市
在山谷、海濱，或世上任何一個角落。

（2013年11月9日，後刊載於〈黃詩帶〉。）

分割

——和匡哲〈蘋或者果〉

當刀子切開蘋果的心房，
你不用感到傷心，就像一把手術刀
把完美的胚胎切成兩個，孕育出兩位藝術家——
達文西和卡拉瓦喬、天才和殺手，
所羅門王對自己的智慧裁決得意洋洋，
並硬生生地劃下：基因庫的三八分界綫。

而分割總是正常的，我們總要讓
雙胞胎女孩用各自的肺葉交流戀愛經驗，
即使左腦和右腦的對談是艱困的功課，
但必須有左、右手，才能彈奏李斯特的奏鳴曲，
必須讓一半的蘋果腐爛，另一半被吃掉，
才能為堅實的果樹散播後代。

誰能欣賞你的爽朗，你棱角分明的輪廓？

鳥類不懂得你的紫實，更無法走進你的寢室
攜你後代走遍天涯海角。請許我以手中的刀子
剝下你紅色的崩克皮褸，並以舌頭撫摸
那淡泊的肉體，解開你臍中的小小秘密，待我
微隆的腹中誕下完整的蘋果，再一次引誘夏娃犯罪。

（寫於2013年11月18日）

白

馬列維奇，你是知道的。
必需有一種白色比白色更白色。
必需有一種人民比人民更人民。
白色需要被清洗、被洗劫，
從此它不再成為一種顏色而生存而是
作為沒有其他含義的白而呈現。

柏拉圖必會諒解你，
他說，馬的原型孕育出一切的馬，
這匹馬我們不會稱為「一匹」
而僅僅是馬，正如沒有人被稱為一個人，
沒有城市被稱為一座城市，
各種方言、血統和信念被洗擦
就像漿過雪白的襯衫不再負荷
色彩黯淡的污漬。
世界回到一，沒有紛爭。

種族中之種族？白中之白？馬中之馬？
世界省卻不少核彈和外交辭令，
只有一種貨幣、一種語言、一種面相、一種軀殼。
時間亦只會永恒不變，
我們出發的門盛載着我們回來，
阿基里斯繞着自己那魁悟的身軀跑步
雙腳從來沒有離開過地面。

或許這個「一」亦不過是你眼中的幻象。
它不再有開始和終結，界線
就在體內蠕動與蠕動的褶皺之間，
沒有光、沒有影，混濁如一盆污水，
爆炸即收縮，呼喊即寂靜，離開即回歸……
時間被吞噬於一片血肉模糊的岑寂，
沒有視野，因此亦不再有詩。
直至腹水穿瀉而嬰兒幸運地來到
充滿饑荒和戰亂的人間。

（寫於 2013 年 12 月 3 日）

靜夜思

（冬夜聽 Zemlinsky 的弦樂四重奏）

如此清涼的晚上，我聽一首四重奏，
聲音在空氣中迴盪漸漸寂靜。
窗外偶爾傳來貨車的聲響，
汽車輕輕拍打耳朵，時間都靜止下來……
這時候，好應該安撫一下思緒。

這麼多交談過的對象，偶爾
才遇上自己。看！這鏡裡的衣冠和髮型！
遇上自己，彷彿有很多話說，
也彷彿沒有話說，空洞得猶如深陷的骨架，
只是音樂有一種聲音，代替我訴說。

小提琴手不認識我，大提琴手從沒想過
誰在聆聽錄音，只怕拉錯了一個音。
音樂反覆流動也沒有任何含義，
有人聽出決心，有人聽出了憂愁，大部份時候音樂只是把自己哼唱不休，直到終結。

我也這樣哼唱自己的聲音。
在萬籟俱寂的世界，家裡的貓不會充當觀眾，
窗外的鳥也不會嘲笑我拉錯自己的樂譜⋯⋯
如果是一首詩，那就不要找偉大詩人作我的嚮導，
即使無法自我交談，也要跟自己哼唱下去。

哪怕陷入寂寞的漩渦，沒有人認得出
我的嗓音，或我用過的詞語，
或者打開一片騷動的大海。佛洛伊德
專注用儀器勘探水質，而我只是偶爾經過
用素描筆繪畫白海豚的微笑。

但聲音無處不在，從公路到衣夾的掉落
它喚你回到一無所有的子夜。
我環顧斗室，空氣依舊清涼，沒有風，
電腦映照雜物，燈火柔和，在它們中間，
自我寂靜得像黑洞，或比黑洞遼闊。

（2013年12月2至3日）

足印

我看見日與夜的鬥爭怎樣結束……
看！太陽倚靠在百葉簾上，
傷痕纍纍，它以鮮血揮灑
在窗玻璃上，並昏倒在山林間。
黑夜睜開了星星的瞳孔，接管大地……

一陣腥臭從魚市場內流淌到街上，
沖洗着人們每天來往的足印，
不同的方向交集在地磚上，
有各自的語言，但路線融合重疊
變成生活的總和，就像無數人的努力
以汗水縫合日與夜的間隙。

污水沖洗了魚販的最後嘆息，
頑固地抹去我回家的路線，
燈火在它上面停留頃刻，然後
隨躁動的落葉離開，花園裡不再有人，
惟有足印凝結成花朵，隨風飃颺。

（寫於2013年12月7日）

平行時空

升降機門關上，是永生或死亡之路，都不可逗留。
你用詩人開玩笑的口吻說：「汝等請按鈕……」
我們玩擲幣遊戲，打賭生命的上流與下流，
勝利者像女武神翺翔，失敗者等同無家可歸的狗。

我目睹有女人從升降機進入天堂，
另一個女人選擇塵土，於是到地庫取車離開。
她們口口聲聲為了兒女的未來，
我只能在她們中間嘆息，話語無法被她們穿透。

假使她們重新按鈕，升降機重新開動，
兒子把母親渴望的門匙或車牌緊握在掌心——
（你可以選擇紅色的棋子，買下任何街道……
但你可否改變骰子擲下的機率？）

今天。路人們帶着雨傘下班，

雨水從雲端下流到塵土，反覆循環，
巴士駛向不同的終站，人群排成長長的隊伍等候，
各自訴說着必須上班或離家出走的理由。

終點永遠不變，旅客終日如坐針氈——
但不要怨恨蒼天，不要低頭禱告
戀上外太空的秘密語言：骰子在空中轉動
每個人都是一場博奕，在沉睡中展開。

（寫於2013年12月12日）

霍朗故居

這就是你的首都：你蟄伏在首都
一座廢棄的島嶼上，每天伏爾塔瓦河流過
（史麥塔納的樂譜總是描繪出激蕩的瀑布聲）
這中歐城市早已變成功能衰竭的枯葉
只能保證T型坦克駐紮在市郊

你不在乎自我囚禁於塵封的地窖
每天晚上，你總會向有着舊愛唇印的咖啡杯
低唱一首無甜味的情歌，或者在隆冬
森林的路徑上，發現你走在自己前頭的足印
抓住你父親的形象。但從衰敗的遺物

你發現一種活下去的大愛，「存在」
而不是虛妄，它只是衣領上切骨的寒風
實實在在的幻覺，一道拉鍊，在美麗的過去
和扭曲的當下中間卡住，但你不在乎

謊言的統治，照樣向懸鈴木訴說白雪的心事

四十多年後，一位詩人將從波蘭出發
阿當・札加耶夫斯基，他挑戰過真理部門
也是一位神秘主義的傳人，也敬重你
現在，他迷失於途人錯誤的指引，分不清
巴羅克式教堂的路徑和你的故居，在初秋的九月

你的嘴角微微向上，明白事情的始末
你想：最好不要讓他們認出你睡過的被套
就像冒失鬼翻動了犯罪現場的證物
這是你的首都，你躺在不存在的墓碑底下
只有貓頭鷹的叫聲，才能喚你回到紛擾的人間

（2013年12月30日）

霍朗是捷克二十世紀神秘主義詩人，曾信仰天主教，後於1950年成為共產黨員，後來放棄黨員身份，於五十年代隱居於布拉格市中心伏爾塔瓦河流經的康帕島（Kampa Isle）上。後波蘭詩人札加耶夫斯基在1997年出版的詩集中一首名為《九月》的詩中表示，詩人曾前往康帕島尋訪霍朗故居而不果。

寫於2013年除夕

舊的時間灰燼隨風飄向落日
新的時間種子落在地上
發芽，長出深色的根
還沒有嚐遍泥土和水的味道
還不知道豐收，和饑荒

你唇間沒剩下一粒飯
但手中有一把生銹的犂耙
此刻，腳下的河很快就要流盡
而在昨天破裂的魚嘴裏
春天忸怩地伸出一串青苗

趕緊抓住你的奶粉罐
趁孤獨還未佔據你的影子
現在就向神聖的方向許願
向那被萬馬驚動過陽光

被蚱蜢啃食過雲影的天空

此刻，星星還未墜落成新雨
你的虎口像水牛的犄角
充滿摺紋，卻沒有變成一把鐮刀
它一張開就抱怨，太多的徒勞
生者無法承繼祖輩的農務

牽牛花終於會殞落的
就像我們吃盡了十二月的苦頭
長老們總是說些苦盡甘來的話
猶如女兒長大了就要嫁人
芭蕉見青了就要割下

而指甲還未夢見幸福
請黑夜借一輪滿月給我們
好讓抽搐的鐵皮屋仍能站立
水繼續流，狗繼續吠
炊煙繼續飄向狹窄的壑谷

傳說「年」是一頭吃人的獸
牠不管生者病者、戰士或平民
都當成熟透的果實，但沒有他們
茄子就不會結果，瓜不再甜
麻雀也得不到一天的口糧

如果「年」是一枚巨大的輪子
願豐饒是翻起的泥濘
而世界：一輛古老的牛車
將會從東方駛向西方
一切道路和雨水的交匯點

（2013年12月31日）

人群的漩渦

你刻意跌落人群的漩渦
參與世界的論爭，猶如科學家
發現一種不為同伴開花的樹
你用顯微鏡放大微生物的每宗醜聞
研究受傷害的小行星的淚腺分泌
惟獨沒有注意世上只有一個人

化石不為誰放映侏儸紀的歷史
你拍打太陽穴，用那曾經緊握着
試管的手指，接着給朋友打包和封條
編寫他們的生卒年份，他們的言行
彷彿他們每一根羽毛都可以使勁地扭出
你不願彎腰撿拾的集體記憶

把愛因斯坦套在你身上太有意義
你只是他們名字中間的空隙

他們是一億萬光年所拖動的零
浮游在黑暗的公海，發出幽暗的燐光
彷彿以馬眼的憐憫照看世界
在戰爭和饑荒中頹然落下的夕陽

現實是一堵圍牆，群馬互相踢打對手
港口沒有船隻起航，而你慵懶地
睡在淒冷的荒漠，任這塊棋盤積雪成峰
大廈從憂傷靜靜地倒下，掀起閃電的風暴
你以犬儒的目光注視這一場災難
然後轉動破裂的地球，不帶一絲同情

（2014年1月4日凌晨）

當老人把年輕人消化

當老人把年輕人消化而年輕人
踏着老人的肚皮前進，路邊鋪滿了單張
馬路已經到了盡頭，它將會吞噬起點
而起點，將會從盡頭裡誕生
像一場火災恢復了時光的流轉

倚在窗簾旁的老人
為街上的喧嚷聲咿嗬興歎
他的手指伸出了長長的指甲
嘴唇隱沒在鬍鬚的蔓藤裡
正想把說話吐出，又忍不住吞下

枴杖卻在喃喃自語
為那抓不住而跌下的橙皮抱怨
玻璃窗擊碎眼鏡裡的陽光
老人嘗試數算他自己的日子
三番四次扭動停止的手錶

老人看清風拂動他的麻雀子孫
掏出那部修理好的收音機
那是他僅餘的信仰（即使籃球場
正在入侵他所承繼的園地）
他擱下了報紙，四處張望

突然，一群年輕人踐踏他的背影
他拿出梳子理好一頭亂髮
預備好回應幾十年前廣播的聲音
「是的，我已經準備好了！」
說罷像年輕人一般起舞

「請把我修理，蛻掉這層起皺的皮毛。」
那是肚皮在陽光下的囈語
「我還要修理很多往事，我的人生……」
陽光瞬間落在海岸綫上，那裡有
騷動的旗海，年輕的背影紛紛倒地

（2014年6月）

書本在書架上打量着玻璃窗

書本在書架上打量着玻璃窗，它看見
流動的街景，有樹、麻雀、情侶，有奔馳的小巴
人們沒有遣詞造句，為每個招呼、告別和握手的方式
也沒有思考如何步行、飛躍，駕駛汽車或者吻別
書本懂得尋找適當的詞語為動作命名，就是無法行動
也無法感受行動帶來的喜悅

從新書枱到舊書櫃，書本越來越覺得不受重視
曾經，讀者都熱切期望它的鼓勵、責備和專業意見
它的紙頁比雪還要乾淨，不曾佈滿雀斑
曾經，店員不會毫不猶豫地貼上特價標籤，直至
它從書架上被取下、被掰開，就像脫下少女的外衣
然後在它身上留下指紋和斷髮作為信物

眼睛向封面靠攏，標籤卻推開了雙手
讀者說：不是我們沒約束眼睛，就是我們自己也抱怨

那麼光鮮的圖書，就是像壁虎爬上書脊
也無法攀越書架的山峰，每天誕生的書本那麼多
作者如同嬰兒潮湧現，讀者只能像蝸牛蠕動
已無法反芻，無法把紙張咀嚼成養料

書本被擠壓在書架裡，螺絲釘磨擦它的臉
每天接受陽光和吊燈的拷問，不知甚麼時候
有位滿頭白髮的讀者把它撫弄在手中，用法醫的目光
仔細打量着休克的文字，他若有所思，揭開
目錄和作者生平，還有定價。他把它抱起像嬰兒
轉了一個圈，手提電話響了，又把書本放下

自此，書本不再斤斤計較，它學會謙卑
等待上蒼給它許配一位理想讀者，每天下午
女同學溫柔地揭開它，建築工人粗暴地打開它
家庭主婦放下膠袋，用有味道的食指捻住它
即使等不到理想對象，它也安於承受頂樓的灰塵
直至一天店長對它說：我們要把你退回

（2014年7月）

所以一切承平的日子都源於廢墟

所以一切承平的日子都源於廢墟
男孩俯身執拾一粒糖果
一群女子裸身跑向水，如同水
即將吞噬一群白鶴的羽衣
老伯怔望着一架折腰的戰機
廢鐵的軀體，還淌流着最後的心願：
抵達一座無法抵達的城市
火車停頓，人們列隊聆聽清風
天皇的玉音如同沙子流淌到亂石堆
空中粒子的光塵，零時零分

然後人們從淩亂的被窩中睡醒
穿過積水的馬路和彈坑
老伯在榻榻米上用一杯茶苦思
對了，那就是事物的終結
而生命尚未了結，像我在神社求簽
相信出海的兒子終會回家

如果大海不許一具屍首眷戀它
他就會在魚腹中遺下家書
用祖傳秀麗的書法
任爸爸咀嚼家書的味道
苦澀的像一杯茶

鄰家女兒前年都嫁了
丈夫你會在歸途中遇見
巷尾的婆婆過身了，下一位
或許會是我？我曾經夢見
臉上長出你的鬍子，腰背挺直
穿過二十年後的東京街頭，衣着光鮮
那臉上撲粉的女人或許是你媽？
如果我們消失於記憶的街巷
那我們一定會出現在十字路口
如果你記得，你就一定不會迷路
也一定知道必須離開的緣由
二十年了，那時候我會轉身告訴你

世界發生了許多事情，比如廢棄的旅館
現在蓋成一間新潮的百貨店
比如電車的票價漲了，漬飯的味道
不同了，它們總有它們的道理

你闔上眼睛沉睡，像陽台上的流浪貓
此刻陽光向灰色的衢巷揮灑最後一道彩虹
我隱然聽見禪寺的鐘聲，就像昨天
你在襁褓中聽見的那樣，一輛單車穿梭
郵差送信的聲音失落於途，或者
那是一陣急雨，落葉紛紛逃逸
接着有人敲門，我看見你滿臉雨水
揣着一封濕透的家書，出現在我們面前……

（2014年8月16日）

戰衣

藍色的戰衣、白色的戰衣，
不管那晃動在青草地上的背影是誰
都不過是一種戰術思想與另一種在格鬥……
少年人望着金色的啤酒杯，聽媽媽厲聲的警告——
「等你長大了，就不要學這些肢體暴力！」
他背靠着一幅破落的牆，腳前
擺放着一籮筐的啤酒瓶，兩位大叔
左搖右擺的，討論施丹的「頭捶」：
「哈哈，馬達拉斯真蠱惑！」一句話
與尼古丁一同衝出微醺的牙齦。
女侍應端來一碟通菜牛肉，然後是炒蜆……
他卻專注於那張臉，努力尋找
五官上流露的神傷，多於足球的方向。

這晚媽媽全心專注於飯餸
他的瞳孔隨戰衣的運動游移，每當
聲浪刮起場上的草莖，藍色的和白色的

戰衣，就被吹得七零八落，有時散落在龍門口
激起巴夫斯和保方的呼喊，有時在中場
纏繞，他們有深沉的膚色和鬈髮
當空調風在餐室呼嘯，他們臉上滴下鹹苦的味道，
身體還壓在窒息的草莖上，一雙彩色運動鞋
為腳踝骨而哭號，她指罵着：「都說是肢體暴力了！」
而人生何嘗不是格鬥者的對決？安坐凱撒之位者
向勝利者豎起了手指頭，示意他用短劍
栽進失敗者的心瓣，直至對方斷氣。

這超越了一頓飯的重量：
通菜有爽脆的口味，炒蜆有辣味的癢感
讓臼齒和舌尖得到快感，就如殫精竭慮製造
每一次入球，有時候，你還得仰賴直覺和幸運——
就像和女人做愛的各種體位，始於漫長的探索
而終於剎那的快感，然後躺在草葉編織的巨大床褥上
淌汗、喘氣，享受痛快過後的疲憊。失落
點球的小伙子，像性無能的漢子黯然神傷，不敢
望向那欺負他的巨獸，也不敢面向格鬥場上的觀眾。

男人的世界不許眼淚和失敗，然而挫敗
總是這一行業的勞累症狀，就如
羅馬的士兵漸漸老去，就由日耳曼人來頂替，
他們有更強大的精力，人數多如海沙。

多年以後環顧這餐室的空氣，
他記得每屆世界盃總會來看一兩場比賽，
那些讓他懷念的臉孔：基維爾和卡希爾
還有那張讓人惋惜的俊臉：C・朗拿度。
每種速度和走位的步法都教人懷念。
有時，他會叫錯幾個後衛球員的名字：
他們都是出色的戰士，一如這餐室的老闆，
只是大腿筋偶爾會痛、鬍子漸漸結出灰白的花瓣，
臉上的線條也變成了挫敗的傷痛……
當他從酒吧門口遠望，這餐室開始打烊，
伙計扶着拉閘中間的鐵柱，插在
門檻上破損的洞孔上，櫃台的姨姨換了人
落單的阿姐脱下暗錄圍裙和滿頭大汗
路邊的黑狗喘着盛暑的欲望

是昨夜遺落在街角的燈影
在牠瞳孔裡的幻覺，在這以巡撫命名的
街道，老舊的商店很快就被新的取代。
失落了舖位的老闆，坐在家中唉呵就像
足球員失卻了教練的信任，坐在冷板凳上觀戰，
然而他仍舊記得每個入球的瞬間
有豉椒鮮魷的濃烈味道，都是幾年前的記憶
卻一下子變成一罏陳年的醋，清淡
卻離不開濃烈的酸味，但男人從來不相信眼淚
也不信手上的藕最終會把他綑縛在家裡
靠燒酒和粵曲燃燒日子，漸漸忘記了自己的挫敗。
一如他再也認不出，那個媽媽、看球賽的少年
還有赤着膊噴射粗話的裝修工人，
他們也漸漸忘記他，找到新的餐室落腳，
吃粗糙的燒肉，看新一代球員在球場上撕殺，
偶爾還會和啤酒妹談笑，再用手機下賭注
等待球場上的勝利和挫敗。

（2014年7月至8月）

星期一

星期一妳開始失落，星期二
是車站的分手日，星期三妳感到麻木，
星期四是職場的小勝利，星期五
遇上正能量，星期六狂歡節，星期日
一切在鐵板上燃燒如同婚宴。

所以妳不吃巧克力和焦糖，不信
低脂奶一如不信電話裡的甜言蜜語，
所以妳反覆練習一個法文單詞就像妳
從不追看小說的結局，也不管窗外
廣告板上的主角換了誰。

直至某天妳背叛了家裡的燈
妳開始探索身邊的世界，不再以好運
為好運，也不再信任自己的語言，
在妳胸口有一種觸電的感覺，輕盈無跡，

它一直把妳的手臂遠遠地挪移。

郵差說：現在可以打開妳的信箱了。

2014 年 8 月

廟祝——偶記隨感

我是被相對論刺瞎了雙眼的廟祝
每天撲熄凡人的盼望

雨水，從時間的岩隙中流出
彈在雨傘尖上，分成彩虹的高速公路

髮梢與髮梢的碰撞，智慧
猶如高跟鞋痛擊的污水，自溝渠

消失，迎着夢想的隕落
螢火蟲拼湊成亡者誦經的愉悅

每天練習，唱一個高亢的子音
讓榕實抖落在大理石的胸懷

且紀念一種絕滅的群居動物
我們眺望高架橋的寂寥
練習向冬風撒嬌，捧着骨灰
把影子摺成憤怒而脆弱的舢舨
等待北風的回聲，像一幅
倒下的牆，打碎了小雞的喘息
撲熄了香火，讓古剎化作輕煙
原野開遍酸澀的野花，春天的病變
蓋過瀝青路的男低音。我用雙眼
聽見了這些顏色，沒有聲音

（2014 年 11 月 15 日）

琥珀的語言

獨個兒待在午夜的書房，從不打開門
外邊的世界很喧嘩，摩托抽打着耗不盡的青春
樹木很少對人間展露出同情
但我不孤單，牆上的地圖、成堆的書本跟我作伴
彷彿用紙紮成一個蟲蛹，以淡淡的幽光
哺育我
字母的間隙從不昏暗。這麼多世紀了
字母變成蒼蠅，被無所不在的琥珀所包圍
自泥盆紀
到白堊紀，牠那悲哀的眼神，毛茸茸的腳尖
一直為自己的猝逝作證，我惺忪地怔望
不為證明我的好奇，只為了在絕望中飛上樹頂
去編織那夢幻的碉堡
讓我獨個兒練習飛行。當雨傘被輪胎輾過而變形
人群拖着長長的背影，環抱着街燈哭泣
我也曾經路過

觀察、沉思，但不留下一根羽毛。我聽過
荒謬絕倫的大話，那不是美學原則也不是政治宣言
我見過島嶼的陸沉，海嘯把一座城市吞食
猶如恐龍吞噬森林的弱者，多個世紀以前就開始了
他們的拱廊、雕像，和港口的橋樑
被建造它們的人遺棄
哲學家寫在泥板上的箴言，刻劃宴會的碑文
在蔓草叢中獨語，透過殘存的星光，折射出琥珀的語言
哲人的額角於焉飽滿，色諾芬、柏拉圖
以深邃的眼睛凝望哲人的項背，阿里士多德
端詳着八爪魚的腦袋，學生們寫下雅典僭主的死亡
他們曾經住在光輝的城市，在緊緻的密縫中閱讀
就像我
曾經想像的那樣。你不能選擇時代和出生地
你只能選擇愛上一個時代、一座城市，鳳尾蝶在逆風中
追逐，蜻蜓從水紋消失之處產卵，鮭魚
交配然後死亡，然後有人搭建河堤、房子和棧道
直到他們老去。

2015年1月

返陽

他回到陽間以後
體溫重新鑽進肉身裡睡覺
陽光為毛孔鍍上顏色
證實一種氣息依然存在
喜鵲走到他耳邊
羞赧地張望
未敢驚醒一雙眼瞼
未曾告別的陰影

他揉動身子
雙手抱緊徘徊未散的晨霧
草莖上的水汽眷戀他
低沉的嗓音
葉子從幸福的高空掉下
螞蟻在上面觀察翕動的節奏
蚱蜢用觸鬚探問風的消息

像溪流的方向怎樣改變
花粉的味道表達出什麼情感

出於對惡夢的厭惡
惡夢很快就把他吐出
從幽深的鼻孔

現在他可以環顧四周古老的
世界，林木是那麼清新
林蔭的光紋顯示一道隱形迴廊
他對這一切最熟悉不過
無需言詮
像含羞草從電流感受手掌的力度
雁群預感冬季何時來臨

然而他仍要歌唱
歌唱世上最強大而脆弱的元素
歌唱自然界潛藏的連繫
讓石頭和風交談起來的奧秘

這一種咒語人們稱之為：氣息
它在哪裡，哪裡就有生命
它從哪裡離開，哪裡就枯朽、碎裂

但是，它真的離開，慢着
那是他決意離開那裡
他們穿過深淵下的岩縫隧道
硫磺如同波浪從地底深處湧出
令人絕望的情緒
無數在大地的輪轉中呻吟
悔恨從母腹中落地的人
屈膝的奴隸，仰視蒼天的帝王
婢女倒下來的水，梭子
在紡紗線上的運動，長腿蚊
躍過水面的漣漪，岩漿的
踴動……天空總是浮游
於大地之上，因為記憶會沉澱

猶如漿果落在地上
腐朽、碎裂

我能為你們帶來歡樂，還有愛
除了她，我的物質太渺小
在她面前我只能歌唱她的不幸
（也許還真是我的
不幸）我用小小的琴瑟醫治
你們的痛，但對她，我無能為力
她像風中的黑砂從視線後撤
我甚至抓不住她的容貌

死者和生者之間
愛者與被愛者之間，這是
兩手牽住又無法牽緊的鴻溝
我倆的掌紋知道彼此隔着
地殼的距離，而思念
無法比大地裡面的質量更重

我們在上面歌唱的世界
僅僅是它的表面
它以死亡懲罰試圖走進它
內部而妄想能夠
逃出生天的人

我認得她的容貌
那徒具影子的婦人
也必須逃逸光線的拷問
視覺不單是欺騙也能
殺死不容於光線以下的亡者
惟有氣息才能賦予它生命
眼睛是眾生的兇器
只有大地才能給予氣息

他懷疑惡夢是真實還是虛構
神的信使從隱形的迴廊
窺探着不幸的歌手，在神靈眼中
他只是無數不幸者的一位

假使雀鳥必須口啣鮮血而倒下
他也一樣。星輝照耀着世界的孤獨
狡兔入夢，貂鼠口啣獵物
消失於北風的胳膊，這不是夢
或現實，現實是永恒的
夢也一樣，永鎖於濃霧的山巔
大地深處的礦坑

而信使絕不會憐憫
飛靴不理會人間的煩惱
正如速度不體諒眼淚
在與疾風的競跑中
這雙大腿跨過太多死者
至於歌聲：那不屬於祂的業務
像郵差不會懂得音律
只知世人應該盡好本份
歌手不應沉緬於畫像
正如畫家不應沉迷於聲樂

信使也只是一雙腿
偶爾也提供一點建議
還有草藥

信使已離開林地和原野
歌聲仍縈繞在耳邊，歌唱着不幸
但哀傷只是一種偽裝，他責怪
焦灼的瞳仁，那是一種
不得不看的欲望，像一直盤踞着
眼瞼的長長陰影，他恐懼
怕只能握住掌紋的觸覺
而不是她的肉身，即使手指
輸送出微弱的信心，正如脈膊
若即若離卻猶在。然而她
悄無聲息地走過語音消逝的通道
她的丈夫毫不知情也不
思量：死者無法為自己說話
但神的說話就是命令

祂從虛空中截然伸出手掌
將死者從生者身後隔開

越來越多的動物圍繞着他
鹿群從林中的苔地來了
火雞和孔雀輕曳身上的羽毛
來自色雷斯和極北的野馬
巨熊，來自北非的大象和獅群
咀嚼怒火的野豬，輕盈的蛇
還有各種羽毛的雀鳥
都來慰藉他，羚羊扭動犄角
獨角獸雙目低垂，野兔
離開了洞穴，彷彿忘記了洞房
牠們從來不是人類的朋友
但奧弗斯！他懂得牠們的語言
並調解牠們的紛爭，要是
熱忱只能以性命作交換，而愛
最終只會無聲地傷逝，這不公平

但天神從不溫柔地待人
即使以歌聲，像小孩追逐肥皂泡一樣
乞討一種希望，並且像小孩子般
忍不住要望一眼……
看看人世所不知道的諸多奧秘
即使天神早已習慣

（2015年1月26日）

我在天空打開了砂之書頁

我在天空打開了砂之書頁
北風像雪利酒一樣傾注下來
大家在抽着不同牌子的香煙吧
有的，味道很嗆鼻
令人陶醉得忘記了目的地
有的喚你等待空箱子的呼喚
因此看不見其他人。郵局
今天關門，不能用寄的
就只用雙腳去吆喝
好在過年以前就回家
撒播短暫的滿足

每個人都有自己的雲
他們排成長長的隊伍，讓黑夜
降臨頭上的時候成為吉兆
因此，為頭頂蓋上郵票總能
安心……世上有些時光屬於自己

好比穿上一件深綠色外套
不怕太陽黑子入侵你的肺葉
公車舐着馬路的傷痕，層雲站住
路邊樹承受這市鎮的忽悠
它們也想把自己寄回去
回饋溫濕泥土的喁語

這一種囑咐有時候不嫌囉唆
怕的是遲到，以及速度
無法補償往還所喪失的一切……
從這頭家到那頭家，運動鞋
穿上及脫下，落葉留給某位踏碎
其軀殼的人一路費解的抱怨
山巒以報紙迎風的姿態
消逝，就像脊椎感覺輪胎拐彎時
推向邊緣的力度而風景
逐一瓦解、碎裂，就像終局
總是撞向玻璃窗上的寂寥

2015年2月

塔門

1

我們是彼此空想的部份
一旦抓住對方，我們便融解了
也就是堅實的喪失和第一記春雷
狠狠預示一瞬生機的降臨
時光無悔如揮灑的雨點，從不懊惱
這種犧牲落在涼綠的台階上
凝結成密封玻璃的水漬，或者
任霉濕的公路在斜坡上蜿蜒

手指捻住凝止的空氣
我用貼郵票的力度來理順你
灰藍色恤衫的皺紋，此刻
這種色素充滿暮冬的風而它
正撫弄着起皺的波浪……單薄的絲網

把泡沫鑲在橫隔膜，瞳孔
因為一陣突如其來的寒冽而收縮
襪褲鎖不住體溫，惟有你一雙手臂如問號
展開，鉤住我單薄的外衣

我們的船正把平靜的海面剪開
疾風推倒了屋邨、商場，最後是
摺疊的群山，它們像明信片一吹即散
我們的大學像一張漸漸縮小的椅子
它永遠歡迎年紀越來越小的孩子坐上去
也不介意他們的稚嫩和羞怯
像肥皂泡一碰就碎，裡面有你我
穿過講台的身影，也有他們在飯堂的喧嘩
然後你在宿舍脫下沾滿污漬的眼鏡
一揉住眼睛就呼呼大睡

風仍然很猛，海鷗飛往大海張口之處
彷彿初生的太陽是一件寶物

值得用四年光景交換它的和煦
我們曾經用電腦屏幕來戰鬥
橡皮膠散落在木枱上成為碎屑無法復原
但你記住了各種喬木的名稱和位置
把功課都磨研成光滑的卵石
我們用含羞草的驚訝張望積雨雲
期待兩道彩虹的甦醒

2

睡夢中妳用手指按捺着我的下巴
地圖東端一系列島嶼浮出名字
我看見我從高流灣來探望妳
在這人煙稀少的塔門島，兩度洋流
緊緊縫合我倆的住家，一邊波平如鏡
一邊洶湧似火，妳的島嶼
在暮色中冷卻成一塊寥落的黑影
黃牛的遺族在秋風中打嗝

妳的祖墳逐一消失在燈火遺失的角落
空氣像跛腳的郵差敲打着信箱

曬乾的蠔殼鋪滿石灘
時鐘用秒針的指甲敲打黑夜
隨着舢舨曳動的節奏
妳的臉泛着鮮蠔炒飯的香味
樹蔭穿過群蛙喧譟的草坪
徉徊於寂靜的籃球場
你用笑靨守護着一則過時的玩笑
彷彿是一道費解的數學難題
妳說：一加一不一定是二
真空也不是沒有質量

這我知道，而質數
總是無法領會井然有序的星空
這一種含蓄不宜道破
一旦凝視變成言語，這種美

便會跌入滔天巨浪而不知所終
這時候，妳把我散落在山上的彈珠
逐一拾起，然後捧在手中
珍視，彷彿裡面有我的童年
有時草尖上滴下我
一臉倦容的露珠，牛蹄踏過
我們聽見排山倒海的吶喊
無盡的海浪衝過巨巖迎向我們
初生的太陽唸着海的咒語

當我們扶着枴杖
徘徊於山腳的老榕樹下
運送大米的渡船還沒有抵達
我記得以往饑荒的景象
許多不堪回首的往事，像一口痰
妳把笠帽擱在牆角，用客家的鄉音
理順我，把我擱在消瘦的床榻上
好熨平我心中的崖谷，妳說

兒子都成家立室了就是
好事一樁，何必介意黑夜的冷清？
妳用針線穿越鈕釦的洞孔
把心中的話縫在領口

而我還是日以繼夜地守護你的
也守護我自己，即使我們一起的時間
總是一雙燧火石彼此磨擦
在我期待你在場的地方，你總是缺席
你記得圖書館裡的手動書架嗎
我的鉛筆總是沒刨尖，你還記得
我在合唱詩班排演的雨夜嗎？
我總會想：你一定被吞噬在某個家
那些夜晚，在那些不眠不休的暴風雨
你彷彿一艘喜愛冒險的渡船
不知道大海的遊戲規則
也沒有拋下我這心裡的錨

所以我決定和你出海
尋找你的大海、我的島嶼
我們的相遇就像兩道貪玩的氣流互相
糾纏，一旦降下冰雹和霪雨
一切就不可挽回，而我
仍愛牽着你手，漫步於霪雨綿綿
而空無一物的馬路，看鐵路
在一列長長的車廂下隆隆轟動
看路邊的矢車菊在大自然的手掌裡微顫
那幾乎是年輕人的奢侈和傲慢
我愛把街燈的光拋在你張開的嘴角
看黑夜在我們體內結成厚厚的繭
我愛看你摘下褲腳的黏頭芒
抹拭額角的汗水，向我吟誦海浪灑下的
詩，彷彿費了很大的勁

3

別睡，我們要回到城市了
有很多習慣和世故我們要保持
你說你愛上波浪的豪邁
你說你喜歡坐在巨石上觀看海浪
揮打在你的運動鞋下
你寧願坐在山坡的迴路上看
冬日星宿的坐標，肚子餓的時候
打開小小的餅乾盒子
你說你愛尋找牛群遷徙的路線
還想征服島嶼的荒山野嶺
但我們總要從島嶼回到城市
回到我們所屬的世道
學會跟風，討好我們討厭的人
佯一個拙劣的微笑

登上生鏞的甲板
我才知道我們不是回家
而是去發現隱藏在群山的足跡
當那男人在海下灣碼頭下船
去牽那頭孤獨的狗回家
我就幻想在鳳凰笏的亂石背後
曾經住着一對原始人的伴侶
某個月滿的傍晚，當男人揹着
一身的獵物回到洞穴
女人親吻他的喉結，兩個人就在
月色下互相愛撫，而這事真的發生
日後女人抱着微隆的肚腹
她會教曉自己的孩子懂得甚麼菇菌
有毒，如何編織外衣，怎樣
釣魚，用芭蕉葉作床蓆
日後的事總會發生
現在我們卻要回到街燈的井然

當馬料水的馬路漸入眼簾
我以為妳會笑我當天踏單車倒下的
糗事，妳卻熟睡於我的肩膀上
很熟很熟，彷彿熬練了一生
但我們的夢不是一尾蒸熟了的魚
它是生的、活的，不過只能活在記憶裡
到了明早，當大學從霧靄中恢復視力
微涼的梯級依然長滿霉綠的苔蘚
而妳，也許早已忘記了島嶼的風景
忘記了今天的歡笑和疲累
嚷着要到哪裡吃早餐
或者要晾曬我們穿過的衣服

2015年2月25日

約拿書

我的喇叭
可以把你的憂慮孵成毛蟲
從正午到黃昏，房間已烘成麵團
它的溫度躲藏在思念
與遺忘之間，用碎裂的玻璃窗
哺育樹上築巢的星宿
你未經洗淨的童年

吃不掉的麥稈趟過污水
為你占卜，鳥喙在你身上隨意啄出一座
錯誤地，座落在你臂彎的瞭望台
船票已經售罄
行李擺放在骯髒的引水道
每天我以增四度的風暴
傳送貨物清單給你
為何你的體重增加了

一百磅？我吩咐過你記住
你只是我膝蓋的浮雲
當圓規呼出行星的自轉
獵人吞食自己的行踪
我會把你們的風景
連同粘合四大元素的骨髓
一飲而盡

皇室詔書已經發出
不管死於空難還是海難
你已不再擲出骰子
也不再賭樹根紮下有多深
護城河的悔恨有多重
你不用賭哪種死法能釀成啤酒
雖然你用水手刀在鯨魚腹中
刻下城市競技賽的賠率
特赦令早已送達

2015年2月

妳的左手在微風中消散

妳的左手在微風中消散
右手隨花粉飄向落日燃燒成灰
但哭泣的影子仍在
伴着我，跳一支佝僂的探戈

春臨。妳引誘羊蹄甲挑逗
紋絲不動的馬達噪音
蒼白的氣流黏壓着呆滯的風景
樹的枝幹上爆出一寸青嫩：
「要敲破春鎖的消沉！」
妳的咒語在高速公路上掩面
疾馳，流浪貓仍在夢囈

拾紙皮的老婦
也撿拾着妳的黃昏
每天傍晚，妳化身晾衣衫架上

被單的走影，頑童在深宵
路上吆喝過後的岑寂
妳的瞳孔，像屋邨
樓梯間重複數算着惺忪的蒼白
沒有姓名的人在你裡面流連
註定沒有好下場

妳的左手按捺着妳隆起的
乳頭，山前面長着一塊醫院的腫瘤
屋邨的腫瘤，每當有人自殺
腫瘤就會長高一分
守護着老人院後山的樟樹
便又長出一圈的年輪
有時有人在疫癘中
號哭至死，骨灰飄向黃昏的晚空
張出一雙暗黃的手臂

他們偶爾向妳收購電視機
有時用自滿的行李箱輾過妳的陰阜

他們用垃圾的味道薰黑妳
然後在流浪貓的夢境裡找到妳
那時候，妳披着一件白色的睡袍
雙眼泛着微弱的星光
嘴巴唱着石器時代的搖籃曲
那時候，村屋背後的墳塋睡醒了
牛群回到子夜的草坪

而路人從不交換妳的消息
於是妳嘗試不去吵醒任何人
獨自徉徜於廢棄的遊樂場，看低氣壓
弓身穿過雲層的身形
那種沉悶其實沒有甚麼好看的
正如孤身上路的人，也沒有任何話題
有時星宿偶爾掠過隆起的屋頂
人丁又開始興旺起來

2015年3月

你有一種壞習慣

你有一種壞習慣就像壁虎
爬在你的腳踝下
曬不到一扇太陽的浪濤，且等着
開飯，以工業燃料餵飽自己
你有一種臭脾氣就像女學生的裙襬
總是要翹起一襲暗黃的往事
就如你總是陰濕地放屁，春風
總是私自改變溫度。你有一種壞詩總是
不得不標新立異，結語很爛
開句平庸而假裝豪放，但
你有一種沉默總是

以一百八十度的高溫
灼熱她的眼眸。你有一種壞習慣
其根莖在唐突地掩飾爸爸肚臍的風月版
和媽媽那甩線的浴袍中間長大
它勃起猶如一枝未懂世情的魚竿

不管生鏽的海風這麼吹那麼吹
你有一種不能再壞的性慾
長不出一根腋毛，披滿
紅色、黃色和綠色的電線
你以廢水般的壞習慣把街道吞嚥
你那一種壞習慣，也總是

把過氣AV當作情人節電影
在擠滿躉船的西窗擺上思念的野蘭花
你有一種很爛的初戀總是滅不掉
肚腩，猶如一首情詩太多意象
你有一把錯誤地燒燬華髮的怒火
彷彿火車出軌一千次都不嫌多
你有一種壞習慣，它以熨斗的耐性
捉弄你，你有一種臭脾氣不得不繼續
它在你臉上塗脂抹粉，祝賀你
從大氣層獲得畢業證書，你有一種
很紳士的態度，以內褲廣告的優雅色彩
包裝自己，獲得女仕們的垂青

腫瘤

有時我寧願化身成為你肩膀上的腫瘤
像鮟鱇魚完成傳宗接代的使命

如果你要上外太空，請帶着我，不用理會
醫生的勸告，就當我是你的一件玩具

有時我是你邊疆的馬賊，有時我
燃點烽火，祝福你的五臟安定繁榮

如果你把我拆下，我會枯乾，就像樹木被砍伐
如果你倒在我身上，你會蔓生猶如地衣掩蓋骨頭

可會等到三世的大火
把你和我燒光除淨，永無罣礙？

2015年3月

有一種奧秘

「我的論證從在下者向超越者上升，它攀登得越高，語言便越力不從心；當它登頂之後，將會完全沉默，因為它最終與那不可描狀者合為一體。」——偽戴奧尼索斯：《神秘神學》

有一種奧秘，它以高溫的光芒照耀語言
滲透了修辭、生物學、靈魂學和統治術的內部深處
語言設法把它攫住，也只能觸碰它的陰影
這一種奧秘在一切事物的巔峰，以自己的影子
化作萬道金光，流瀉在人類的瞳孔裡
我們僅能以語言描述被照射以至幾乎瞎眼的經驗
也無法知道甚至為它命名

我們建立過無數帝國
操各種方言的族長爭相建立偉大王朝
戰車和弓箭深陷泥濘
裝甲步兵嘴巴向天，喉嚨吐血
史家以嘶啞的筆尖描繪宮廷鬥爭

都一一湮沒在地底，直至喪失了一切語言
百姓的屍首掩蓋了皇冠上的秘密
成為不知名的煤炭

奧秘的光芒照在泥濘上
上面浮現出白雲的形象、太陽的形象
大象走過的形象、樹葉在風中
飄颺的形象、花瓣的形象、莎草的形象
水的形象，形象如同一支鋼筆
在世界的地表上筆寫，然後雨點揮灑
另一層土壤，猶如翻開了新的書頁
世界被寫滿符號——人類
也會被雨水浸透而褪色、消失

而奧秘依然在一切事物的巔峰，以自己的影子
化作兒童眼中的煙霧，燎繞在火山的心臟
有一種奧秘，它把世界從渾沌中創造，這種小把戲
只是頑童在牆上的塗鴉，他隨手捏出

珠穆朗瑪峯和大峽谷，阿馬遜河流域的痕跡
然後用粗大的手指抹掉它們
世界如同海灘上的沙堡漸漸陷落
惟有星星與銀河不滅

我們巴望着永恒的轍跡，猶如夢見圖章
印在我們的視網膜上，在奧秘面前我們知道自己
身上的筆劃會慢慢消失，就像人類歷史
這首詠嘆調最終讓位給宇宙的岑寂
有一種奧秘，它以高溫燃燒我們的筋骨和肌肉
直至我們失去語言，那一刻我們不知道
這是我們僅能承受的幸福，即使它形同灰燼
而愛如同即將揮發的露珠，仍反映出她的一襲黑髮
她的臂膀上，充滿被雨水浸透的叮囑
當你快要被放逐到韃靼荒漠
她讓我忘記了羽毛和雪花的形狀
到了那一天，時間不再是敵人在山上叫喊

而是她洗淨我體內的血液
我可以像海神老人改變自己的面貌
我是鱸鰻。我是海豚。我是烏賊。我是海龜
我是海蝸牛和牠的孩子。我縮小
我廣延。我像熱帶魚鑽入了蠕蟲洞
然後隨時光一同被消滅

2015年3月30日

THE FOOL ON THE HILL

那天，你遇上了走光的女同學
那是你人生的第一場災難
彷徨你為了塗鴉而走進這隧道，但隧道
最終延伸至起點的昏暗角落
像那不舉的少年，長出了壁虎的蹼趾
最後回到媽媽的子宮而一事無成
「他殺不死那條惡龍，還把
十八件精鋼打造的法寶，統統丟失……」
你揉亮眼睛，窗外陰霾密佈
來自電腦的螢光，如同龍捲風
掀起一塊白布遮蔽你的瞳孔
那不是驚異，只是日復一日的失落

失落如同饑渴的太陽照在我的臉上
我被剪除就像花盆上妨礙視線的枝葉
看，窗外的木棉樹現在又要揮霍

任落英遍地，輪胎狠狠輾過
貨櫃車往日落的方向排成長長的隊列
吊臂車解下巨大的鐵箱築成高樓
大海溶解於山頭對面的餘暉下，華燈
初上，星夜映照成巉巖的寥廓
黑夜一到，這座城市又回復最荒涼的面貌
但我躲在床格中的夢幻碉堡
當我的同伴提着公事包約會自己的女友
我就是密室裡的主人，我身無分文

在花布背後的電腦椅上，你曾與女優
度過無數春宵，它仍殘留着杯麵的氣味
味道如何都比不起一幢豪宅的寂寞
但少婦的怨懟你不會聽見
與其巴望着窗外那凝止的住宅和醫院
不如下去漫遊山下的世界，世人
太多煩惱，總比你的網絡遊戲複雜
但春風不會反鎖在房間，也不會任你

一人把玩，總要穿越許多欄杆
尋找門鐘背後那陰暗房間內的歡愉
有些街道很潮濕，有些樣貌陰險
街燈以缺氧的光管舞誘惑過客

卻總是失敗。傍晚，我扶緊欄杆
斜坡是一片虛無，我穿越老舊的酒樓
槐樹的鬱藍陰影從晚風傳送至脈搏
就像我中學時的模樣，發黃的衣領和袖口
磨損的褲腳，一雙皮鞋因為撞擊而破裂
記憶幫不了我，舊同學幫不了我
超級市場裡搬貨的表弟，也幫不了我
有時金錢和性會為我提供鳥巢形狀的快樂
只是曇花一現，一頓飯已令我疲勞……
報紙以粗黑字體教我如何講述一宗家暴
但我只能想起家姐的容貌，她滿嘴
妓權，但更多時候和男友躺在我

斬殺惡龍的戰場。所以你自我放逐
成為你居住在這裡的惟一理由
但你手淫時看的風景只是父母遺傳的視角
其餘的，只是你設法逃避的，亦即你
不得不接受的自己，你就是你要殺死的惡龍
來吧！只要向這世界跪下，你就可以下山
得到你想得到的女人和生活，不再
成為肥胖和醜陋的象徵。趁現在就去飆車
嗑藍色的藥丸，喝玻璃酒杯的幻象
只要你相信女人的子宮是誘人的
相信城市仍然呼吸，相信一個真實的吻
乳頭和乳頭磨擦成一部情感史

空氣中迴旋着這聲音差點誘惑我
相比之下，她們的體位和敏感部位
就不過是無害的傷風。當夕陽染紅了窗格
一列地鐵車廂呼呼駛向海島的方向
在新的據點面前，我的寶物依然落空

我相信，窗外的世界會漸漸衰敗
我的碉堡也在瓦解，像路邊的打掃工人
徒勞地收拾散佈一地的落葉
我不知道山上的醫院明天會否就倒塌
人們如常工作、睡覺，游泳、散步
與我擦身而過但從未對視，或者以為我
一無所有，除了一對憤怒的眼球

2015年4月

十二行

忽然：我發覺自己老了
仍坐在海灘上堆十年前的沙堡
其他男孩子卻在咖啡館裡泡女孩
多麼的煞風景

暴風肆虐的痕跡猶在
麻雀已在我的頭上築巢
泳術高超的三點式
消失於盪漾着陽光的髮端

雲不知道自己
就像一艘沒有瞳孔的貨輪
要慢下來就慢下來吧
酒吧還未開門

2015 年 4 月

方舟

當我捧着你的大作而昏昏欲睡
請不要驚擾這個懵懂的世界

你已把世界創造了許多次
圖則堆疊在大地的案前，你這淩亂
靈感枯竭的主，別再用鉛筆臨摹烈日
或一艘貨輪的形態，請你下雨
用阿拉臘山的高度抹掉我們

飛蛾仍在扭蛋裡冬眠，橡樹
在沒有裂縫的膠殼上靜靜枯槁
焚燒的油井並沒有燒燬你驃悍的股價
老人的枴杖很快長出了邪惡的花萼
就像白鴿的羽毛滴下豐腴的泥土

終於，你躺在甲板上沉思

每一次建造巨廈的櫟木怎樣爆裂
星星被磨成齏粉並不可惜。遊戲玩家
應該放鬆四肢，就像你躺下接受精神治療
那樣；否則，平民的血將會白流
……

2015年4月30日

宿主

我們在野兔身上搭建了奇形怪狀的獨幢木屋，
傍晚在牠柔軟的頭頂晾曬衣服和喝咖啡，
躲在長長的耳朵中間乘涼。
我們都愛這家居，即使野草的氣味瀰漫於霉綠的牆角
晚上牠們愛野合我們卻睡不著覺。

在這毛茸茸的表皮下，我們隱約聽見微絲血管的喁語，
它們彷彿在向我們訴說一些不為人知的秘密。
噢，我覺得牠想與我們溝通，這動作敏捷的宿主
卻懵然不知我們的存在，不，牠一定是曉得我們在牠身上
營建狹長的房屋，量度煙囱的斜度。只是牠

無法趕走我們，只能藉着一種奇怪的腹語
與我們訂立租戶的合約，告誡我們甚麼可以做——
（噓！請輕聲一點搬動沙發椅和衣櫃）。然而
這任性的野兔……我們早就應該小心催情草的藥效

並編纂一份引起腹痛的植物名單，免得它們

在我們意料不到的時候發難。而大部份時候
野兔總是很乖巧，除非有惡棍試圖追獵牠：比如說
蝮蛇張開嘴裡的毒牙，或者貓頭鷹從林蔭角落遽然出擊
以迅速的斜線直趨我們，把我們居住的土地
連同我們生活的木房子，徹底粉碎。

螢火蟲牽引我們到達靜謐沒有狼嚎的角落，
蜈蚣潛行於落葉縫間，天空剛撒下最後一場雨，預示
我們必須籌算未來的日子，想像森林、原野
或者河流的命運，如果鷹隼盯上我們（這一天總會來臨）
我們就被拋上雲端，變成無家可歸的塵埃。

（2015年8月18日）

不朽者

伊凡王子，有些事情你搞不明白
在後現代的世界，我們步行
並不用伸展腓腸肌、比目魚肌
也不用喘氣吁吁，我們以
珍罕的鈦合金，完成左右心室的外殼
張臂飛行吸收天空和地表的熱能
我想：肉體和金屬都沒分別了，何必刻意
把它們分開，以討好懷舊的曲調？

但有一個魔王從古代活到現在，他從內到外
都是暗物質，因此也不受新陳代謝的摧殘
伊凡王子你是個傻瓜，你想以即將腐朽的肌腱
挑戰永恒持存的物質？誰要去布揚島
尋找鐵箱子以毀滅魔王的魂魄
誰就先受海浪和風暴的詛咒
但你以錯愛承諾第三個行將腐爛的柳橙

以你畢生未曾碰面的恐懼

伊凡是我，我是年邁沙皇的兒子
也曾是我北方子民的最後的守護者
我曾經學習不朽的學問，然而若這副軀殼
全是不朽的物質，以複雜的化學程式抵抗樹木
衰老的模樣，這對我這個從蛋形地球
活到黑暗荒原的人來說，當然美好，可是
我等不到後現代世界的來臨，也許
早已隨我父皇垂垂老矣的軀殼，遁入日落深處

白樺樹上撒滿了寒冷的詛咒
森林盡處，木筏隨白浪碰撞岩石的低吟
夢尚在魔王的腦海裡燃燒，無聲的風
猶如啞巴哼唱他最熟悉的催眠曲
伊凡王子，請你盡快起程，先尋找
跑得最快的灰狼，騎着牠你會逃出這森林
跨過數不清的河谷和凍土
從岸邊找到永不沉沒的木筏

你必須在日落以前到達遙遠的海島
你必須找到不朽者靈魂所隱藏的針頭
為了找到那根針頭你必須打碎野鴨的蛋
為了打碎野鴨的蛋，你必須
找到兔子體內的野鴨，為了找到兔子和牠
體內的野鴨，你必須找到綠橡樹下
閃閃生光的鐵箱子，要是找不到針頭
鴨蛋和鐵箱子，世界將被黑暗的濃霧焚燬

我的大腿已被魔王喬裝成的暴風雨扭曲變形
為了尋找惡者魂魄的藏身處，每晚我
同樣夢見北風捲走了新娘的情景
慘劇一再發生：村落化作烈火，升向血紅的半空
鏡中的我變成我父親在世時的模樣
我夢見他捂住我的肩胛骨低吟而骨頭
擋不住金屬的碰擊。此刻我等着你，我的火鳥
把那掠奪女子的吼號，消滅在火舌中

一支催眠曲突然哼起，森林著魔似的躍動

昆蟲如漫天星辰在蛛網上亂舞力竭而亡
某種藥力似乎發揮作用了，預感中令人昏睡的琴音
將那充滿力量的腳踝骨和蹠骨一一擊碎
陽光重新抬頭，潮汐回歸古老知識所指示的規律
變化多端的大自然終於落入人類的掌紋
混沌中呈現經度和緯度，多雨和乾旱的月份
一切永恒不死的惡魔消失於微風

不朽者的靈魂被打碎，然而火鳥也消失了
鏡中的自我目睹第三顆柳橙變成漂亮的新娘
我的王國延展到不毛之地，子孫成為出色的航海家
不朽的魔法被驅除，人類的知識無窮無盡
從赤道伸展到北極的深海，而我們的結局也到了
我被子孫遺忘，裸足步行直到我父皇的墳墓
我夢見他們的肉身萎縮變成閃光訊號
英雄的故事無人誦唱，沒有必朽者也沒有不朽者

2015年8月21日

你把尋找到的島嶼放在行李箱：主題與變奏

你把尋找到的島嶼放在行李箱
然後醃製成詩

遠看，那不過是一些航線
一些樹木，以及未曾中止的寒暄

箸筷夾起麵條的瞬間
湯水一冷卻，便扭結成永遠

每間房子先被陽光買下
你以為眼前所見純屬素常之物

直至它與你徹夜長談……
帶着異國的口音

（變奏一）

每座島嶼擺賣不同的記憶
有些，形狀如鬣
有些飄颺着蝦子的清甜
不可名狀，皆有消逝之時

有時，熱風與冷鋒互相糾纏
便把岸邊的房屋、老樹
一一毀掉，颶風過後
長堤上佈滿泥淖
河流不再認識的灘岸
狼藉如同不堪回首的情事

且把鯨骨留給傳說
島嶼不相信陸地的永遠
鹽田正皺摺起天宇的殘雲
你從野薑花迷離的笑靨看到

一頭流浪犬的鬱結
回到陸地的路途還很遠
岸邊已長滿了詭異的新房子

（變奏二）

你把尋找到的島嶼放在行李箱
它們瀰散着青春的氣味

每座島嶼都像水晶球
裡面收藏着少女的笑靨
每當海浪如蕾絲沖上旋風的憩息處
每座島嶼，便又散發着香草
藍莓或者百利酒的氣味

初戀，以及莫可名狀的果醬
在暴烈的日光和枝葉的庇蔭下

彈撥翕動的喉音，有些心思從樹上
脱落，如同巧克力脆皮的質感
掉進粗糙的沙堆，成為誓盟

外公提着一串彩色的氣球
吊帶褲隨腳步聲搖曳
嘴角仍殘留着雲吞麵的湯汁
無事可做的麻鷹，張開雙翼游向
山嘴和海浪接吻的水平線

你拍拭裙摺上的沙粒
定睛一看，太陽已穿越了山的脊樑
老外在舊屋的庭園中發呆
他每換一枝煙，小孩便陸續離開
大海，惟有行人道上的狗
仍等候那應該赴會卻沒有上船的人

你打開行李箱，島嶼逐一失去光澤
變成一個又一個荒漠，於是你
趕赴碼頭的方向，買下最後一張船票
期望繼續尋找一座陌生的島嶼

（**變奏**　三）

那天黃昏你把石頭綁在鞋帶上
背包裡放滿過時的中學課本
光滑的硬幣悄悄落在人行道上，自你
手指尖穿透的褲袋裡溜走
只要貨櫃車經過，雲端就幾乎就要抖落
一首如同蕭邦倒影清澈的練習曲
每次踏破水窪的感覺總是新的開悟
不能說青菜白飯過於寡淡

你那充滿破洞的外套總是衣不稱身
習作簿上佈滿了大大小小的交叉
你想像自己如同燕子逃離父親的籐條
但石頭沒有把皮鞋還給沙粒
你暗自擠掉眼淚，只差一聲就告別
指甲裡的污垢，只是牛群
遠離你的時候仍然暗自傷感
只有你一人才知道

每一次離開總是惶惑，就像
扭動車匙的聲音開啟一場驟雨
陽光穿越山巔，日曆在草堆中發霉
也許，你又嘲笑那藏匿的童年
彷彿在破爛的沙發和電冰箱中間
逃避瞳孔的追捕，假菠蘿樹交纏出果實
如同海浪在巖石裡滲透了苦鹹
一半是撲鼻的海風，另一半是貝殼

爛熟在沙粒的掌印中

猶如一齣悠長的電影，落幕時
觀眾回到光影分明的世界而不覺疲累
有時海上冒起一陣水龍捲風
它無端而來，教你不得不在船頭上焚香
祈求捕撈一座理想的島嶼
放進桶子裡，猶如形狀各異的泥俑
有時候滲出汗水，自那充滿苔蘚的腋下
有時候入定在陽光裡，面帶微笑

你不得不尋找昨日那校園的破窗
即使那是一首蟋蟀的迴旋曲，也要尋找
懸掛在閣樓露台上和煦的歡樂
你早已走遍這島嶼，從漫山遍野的荒石中
亂闖，在陽光烘乾的野草中撒野
消磨青春，直至海浪不再伸展如白色的裙襬
你石化作一幢幢危樓，骨骼早已生鏽

徒然地記起各種港灣的弧度

（變奏四：allegro appassionato）

你說：沒有人是一座島嶼，可你
自己，卻成為一座衝動的島嶼，在海浪
與熱風那莫名地親暱的爭吵中間
耗費了大半生，而且
凝結在照片的定格裡，屢次
失焦，彷彿青春已無法將這塊被拋擲至
消失點的土地，用倒鉤繫在畫布上
以麻鷹的視角避開沾濕下視丘的眩暈
透過一塊施咒的棱鏡，七度光圈的皺紋聚焦
在你焦灼的額頭烙下神經質的痤瘡
然而你深邃的瞳孔，如同兩座
深埋於水平綫上的船頭燈

而時間總是以氣流的限度戰勝了你
它每次踐踏你，你便往更遙遠的銀河系進發

掙脫了點、線、面的綑綁，成為一塊
足以吞噬整片河曲和森林的玻璃窗
因為失敗不是失敗，也無所謂終生的成就
你以麥克白的絕望眼神，凝望
山嶺上奔跑的樹林，計劃看似敗落
而燭火尚未熄滅，銀色浪花被光陰侵蝕
成為暗紅的裙邊，映照月亮的答案
以貓頭鷹的爪子抓緊黑夜讓自己不再疲倦
不斷著陸又不斷飛翔

而島嶼總是歷盡滄桑
我想像自己從碼頭佝僂的背影中
找到你，季候風正侵襲你記憶的領地
防波堤一一塌下，舢舨露出充滿刀痕的脊梁
直至那一夜，海浪沖打你的前額
終於你俯首，為每一座島嶼
理順東歪西倒的山崗，像女孩俯身穿鞋
又靦覥地拉起滑下的背心吊帶

你努力重建記憶的海岸線，讓昨日的時間
與今天在當下並列成為一串希望群島
以拯救你那傷痕纍纍的肉身

（傍晚，蹓狗的戀人們舒躺於
過度湛藍的空氣中，夜航船哼奏一首
悠長地鎮痛的懷舊歌曲，於是海浪
將你的過去縫合成一襲晚裝裙
你像亨廷頓症患者狂熱扭動四肢，信心滿滿
在過去與未來之間，築起一道
閃耀燐光的跨洋大橋，直至
每一座島嶼都被海底裡無法刪除的
記憶體，潺潺照亮，似要預告那發生過的
連同你為了驅除你不願被刻進
海岸綫上成為島嶼一部份記憶的
努力，不會徒勞）

（2015 年 3 月至 8 月）

離開你熟悉的世界

旅行，意味著離開你熟悉的世界
把陌生而新鮮的城市當成熟悉的世界
你會離別新的和舊的世界，接收
更新的快樂訊號。最後，你不得不
回到一座你曾經告別的城市
世界沒有因此變好或變壞

坐井觀天總有坐井觀天的好處
水是熟悉的味道，自縛於濕滑的深淵
是出於自己的意願，不能怪人
偏執與盲目同樣得到諒解
每天重覆同樣的錯誤和爭拗，因此
同樣被視為無害的原生物種

但星宿的運動並不一樣。曾經
彗星預言了瑪雅城市的結局

他們將永遠離開自己出生的城市
山脈沉睡，沼澤地慢慢乾涸並長出大麥
風感應星宿的流轉，改變入侵的位置
石級被染黑又長滿了苔蘚的遺骸

月亮消逝之時，我將大步穿越浪濤
尋找同伴和蜻蜓的身影來吞噬
我跳進頹圮的博物館裡張望，生命
猶如飛蛾掙破霉爛的海軍地圖
想逃跑到終點或起點，悉隨尊便
除非那裡有一個家的門鈴

2015年8月12日

poco adagio

晚霞被收藏在窗簾布背後的時候
我的生活似乎已經好起來
不再東奔西跑，不再留在朋友家中
黃朝白晏，外邊紛紛擾擾的世界似乎已經
大同，喜鵲從草地飛上約會地點
躑躅於屋苑的貓，紛紛宣示隱藏的地界
若生命是個臃腫的保險箱，我的積蓄也總會
增加一點，即使支票尚未兑現

至於憂愁，那不過是塵垢累積在臉上
據説可用一碗清水洗滌然後拿餐紙巾抹乾
如果濕滑的碎石路把腳踝扭傷，據説
剛熟的雞蛋就在你面前，實在不應該反反覆覆
聽一首d小調交響曲，扣問世事開始或停止的動機
如果有小伙子在吵鬧，就奉上微笑，如果

收音機沒有電，就換上電池，如果她們的眼瞼
無法溢出兩道彩虹，這根鐵線也無法縛住

24小時的任務和約會，那就設法放棄一點
壞掉的豆腐，忘記一點街號和日期
適當地沉浸於分秒，在車站月台上留意
別人和自己的腳步，穿鞋子的方式
在早餐或午餐的選擇中間，尋找空格子著棋
我本來也可以像這座城市嚥下每口廢氣
把自己攤在狹窄的錶面上，任秋風
以熟練的皴法，鐫刻畢生的嶙峋

仍然是一些雞毛蒜皮的事情，我說過
像奧勃洛莫夫總能活下去，我設法接納
工作、吃飯、閱讀和更多的工作
而碰壁的我總是失語，從窗簾布的夾縫中
張望，屋邨外牆總是延宕着陽光的消逝
草坪上的貓紛紛練習捕鳥的絕技
是誰告訴我：想慢一點已經沒有可能
熱氣流早已躺在山坡上嚎啕大哭

枕畔詩

突然，我把手臂搭在你的肩膀上
你把手臂搭在我的手臂上
雙方停止了鼻鼾，自覺地讓眼瞼
繼續閉上，假裝從來沒有
抵抗昏睡這回事……日光尚在地表的
子宮裡未成胚胎，很遙遠，假裝成
人形的樹木、街燈，還未禪修

對不起，是我把書堆得高高的
星星也隨着上升——湮沒了駱駝的瞳仁
你我的身體就擱淺在交疊的沙丘上
猶如佉盧文寫成的典籍
而法衣沉沒在我們大陸的海岸線
一隻貓從西南方位向我們召喚……牠以
淒厲的叫聲……告訴我們那種濕度

2015年9月10日

正從門縫滲透，始終會找到我們

窗外的鳥踟躕於樹頂，牠正舉目
以決斷的音符追捕從日光逃獄的犯人
舞台即將落幕，譟音變成了確鑿的證據
我們都害怕，「真的決定要走吧？」
但你大方地迎向窗框，伸展你的拳頭
告訴我時間不能破譯成私訊，當我
偽裝成無辜的侏儒，而你驚訝於我的疑慮

2015年10月12日

質料

記憶彷彿滑回光緒三十四年
流連於英國口音的深色鬍子裡
一個捎來的訊息，這日氣息甚佳
我從老照片聽出了海浪的漣漪，它總是
那麼平順、溫和，艇身躍動
穿過榕樹盤根的沙泥，悄然滑入光影

當一種古老的記憶不曾被辨識
就只是散落在山下的質料，不曾有人
聽見、觸碰，猶如濕濡的粗沙
總是纏着腳趾的縫隙，猶如陽光總是惱人
漸漸地，報紙記不起分行
零落的磚房子開始有了街道的模樣

它跟隨着我走路的節奏，初紉的布
還未找到星宿的所在，大興土木的天才

還未在籐椅上規劃出簡單的點、線、面
因此我們的弧線必定是漸漸凋零，米字旗
依然在山上呼號，但在霓虹色的狐步舞過後
誰用顫動的右手，在沙地上簽名？

這些天氣仍然潮濕。我任細沙從手縫中滑走
它的質感是那麼細嫩，而撤退的大海，把一道
從未被打開的鐵門，侵蝕淨盡⋯⋯質感
失去了光彩：它凝結成冷冷的磚牆，在光影飛逝之處
浮現出記憶的斷片，恍如黑咖啡裡恍動的臉孔
偶爾拼湊出一件充滿污漬的展覽品

記憶不再糾纏於光緒或民國。
你漸漸熟悉了這街道的一切，粥的味道
汽油鼓的高度，還有那輪胎聲中疏落的腳步
但你仍然苦苦扣問着質料的形狀，因為

你總是往灰濛濛的方向追尋，才看得見
大海被圈禁的模樣。所以你總是落落寡合，因為

波浪總是以意想不到的速度，向你告別
然後消逝的，是你體內的鹽水味，以及遊艇下水的
衝動。而你感到懊悔，因為天氣越來越惡劣
因為大海總有一天會收回你記憶中的質料
嚥下這混凝土，這榕樹的氣根，這些
模棱兩可地圍成圓圈以沉默對答的椅子

2015年12月24日

2016年復活節

我很清楚：我們必須重演那場戰鬥
準確無誤地模擬他們走過的路線
想像他們應聲倒地的姿勢
不要以為他們那粗鄙的外表並不罕見
而大量關於當日起義的記載
也沒能讓我們更加入戲

在磚牆的彈痕上，殘留着雀糞的痕跡
那些維多利亞風格的建築物
很多已改建成玻璃大廈
陽光蒸騰起半清新半破爛的雨水味
連帶光合作用反映的一片新綠
反倒叫我們睜不開雙眼

還在三一學院唸書的史提芬
向攝影機舉起步槍做出鬼臉

飾演英軍上校的青年還在抽煙
聽化妝師的朋友講一堆冷笑話，還有
校舍鬧鬼的傳聞，秒針的運動
比不上槍膛上彈的聲音，但我腦際

忽然呈現那一幕悲慘的情景
分明看見一個蓄鬚的男子，雙眼深陷
他早已忘記了判刑的日期，人們似乎在說
如果時間忘記了你，即使死亡前來拷問
也不會感到半點痛楚。我不知道
他們臨死的時候想着哪個女人，只能承認

歷史是一種面目模糊的想像，就像
他們佔領郵局的時候，不知道下一秒
發生的事情，但歷史總是以遙距的方式發生
就像砲彈落在我們身邊卻無損毫髮
松鼠收藏地上的松實，修士打掃莊園
女孩總是記得把復活蛋放在背包中

這種日常的數學智慧，無關救贖
它總是按照自己的機率自轉，像平凡人
從不關心伊普爾的戰鬥，他總是目睹暴虐者
勝券在握，卑微的生命被迫進牆角
有時他會在博物館裡找到浪漫風格的圖則
充滿雜音的演說，或者行刑室的汗水

2016 年 3 月 27 日

後記：這是在香港遙想愛爾蘭復活節起義一百周年寫的。按：伊普爾（Ypres）是一戰時比利時最後堅守的城市，在 1914 年至 1917 年期間，英軍在此與德軍進行過多次傷亡慘重的戰鬥。

灰鴿自由行

作者　彭依仁
封面字款　日星初號楷體

出版　文化工房
香港九龍青山道505號通源工業大廈6樓C1室
電郵 clickpress@speedfax.net
電話 5409 0460　傳真 3019 6230

香港發行　香港聯合書刊物流有限公司
香港新界大埔汀麗路36號中華商務印刷大廈三字樓
電話 2150 2100　傳真 2407 3062

台灣發行　遠景出版事業有限公司
220 台北縣板橋市松柏街65號5樓
電話 02 2254 2899

印刷　約書亞創藝有限公司

出版日期　2017年2月　初版

國號書號　978-988-77845-0-0

上架建議　香港文學：新詩